Georg Friedrich Brandenburg-Ansbach Markgraf

**Konklusionem meines gnedigen Fürsten und Herrn Markgraf Georg Friderichs zu Brandenburg**

Georg Friedrich Brandenburg-Ansbach Markgraf

**Konklusionem meines gnedigen Fürsten und Herrn Markgraf Georg Friderichs zu Brandenburg**

ISBN/EAN: 9783743613676

Hergestellt in Europa, USA, Kanada, Australien, Japan

Cover: Foto ©Raphael Reischuk / pixelio.de

Manufactured and distributed by brebook publishing software (www.brebook.com)

Georg Friedrich Brandenburg-Ansbach Markgraf

**Konklusionem meines gnedigen Fürsten und Herrn Markgraf Georg Friderichs zu Brandenburg**

Conclusiones

# Meins gnedigen Fürsten vnd
### Herren/ Marggraf Georg Friderichs zu Brandenburg/ ꝛc.

Contra

# Herrn Burgermeister vnd
### Rath der Statt Nürnberg.

Die Fraischlich Obrigkeit belangendt.

*In puncto petitorij.*

Producirt Spirae, 25. Maij/
Anno 1 5 7 4.

**OC Hwürdiger**
Fürst / Röm. Kay. Mt. Cam̄errichter / gnediger Herr. Wiewol Syndicus eines Erbarn Raths zu Nürnberg / in seiner vermeinten conclusion schrifft / belangend die fraischliche Obrigkeit / ausserhalb der Statt Nürnberg / die Fundamenta, so Fürstlicher Marggräuischer Anwald in seinen vorigen Triplicis in puncto petitorij deducirt, mit dem geringsten nicht abgelehnet / vnd derselben conclusion schrifft vngrund vnd widerwertigkeit / E.F.G. vnd ein jeder darauff augenscheinlich zuersehen / das derentwegen nicht hoch vonnöten / solches ferrner zu widerlegen / Cum negatio contra euidentiam facti vel iuris contemni debeat.

Dieweil aber Syndicus in seinem schrifftlichen Receß vnd Buch / den 9. Aprilis deß abgelauffenen 73. jars an disem Keyserlichen Cammergericht vbergeben / durchauß: In berürtten conclusionibus aber / zu anfang derselben / dahin arbeitet / daß gemelte triplicen gäntzlich verworffen / vnd die sache auff vorige handlung / für Beschlossen gehalten werden solle.

Vnd dann dieselben conclusiones, von dermassen impudentibus inficiationibus & virulentis atque scurrilibus conuicijs, welche alle vorige Nürnbergische schrifften weit vbertreffen / male consuiret, vnd vbel zusamen getragen.

Damit es nun nicht das ansehen gewinnen möge / als hette Anwalds gnediger Fürst vnd Herr / durch S.F.G. stillschweigen, dem Gegentheil an jrem vnergründten fürgeben etwas gestanden vnd eingereumet / vnd auff das S.F. G. gerechte sachen / der warheit zu stewr / vnd so vil desto mehr an tag bracht / Hinwider aber deß Syndici impudentes inficiationes, vnd vnuerschembte calumnien vnd außlagen / damit er nicht alleine Anwalden / sondern auch desselben gnedigen Fürsten vnd Herrn / vnd alle Marggrauen zu Brandenburg / als Burggrauen zu Nürnberg / mit vnwarheit beschweret / gebürlich verantwortet / vnd vindiciret werden.

A ij         Demnach

Demnach hat Anwalds gnediger Fürst vnd Herr
S.F.G. so wol/auch deß gantzen Churfürstlichen Hauses
Brandenburg/deme dann an diser sachen mercklichen vil ge
legen/hohe notturfft zu sein erachtet/vnangesehen/das alles
hiebevor gnugsam abgelehnet/berürte gantze conclusion
schrifft/mit beständiger warheit iuris & facti nochmals zuwi
derlegen.

Vnd will klagender Anwald/anfenglich all sein vorig
gesätz vnd beständiges einbringen/insonderheit aber seine
triplicas anhero widerholet/desgleichen all das jenige/so in
Syndici fürbringen jhme dienstlich vnd vorträglich befun
den werden mag/für gestanden vnd bekannt angenommen/
wider das ander aber/nicht gestehen/vnd generalia iuris ge
braucht/vnd also stillschweigent nichts eingereumbt haben/
de quibus solenniter protestatur.

Souil nun den ersten einverleibten Hauptpunct anbe
trifft/da Syndicus mit grossem vngestüm vrgiret/daß An
walds gnedigen Fürsten vnd Herrn eingebrachte triplicen
verworffen/vnd die sache auff vorige Setze/für Beschlossen
gehalten werden solle/sagt Anwald mit vorbehalt jetzt an
geregter protestation.

Ob gleich E.F.G. vn̄ derselben hochuerstendige Bey
sitzer/ohne das/mit vilen obligenden grofwichtigen Ge
schefften Beladen/vnd derwegen weiterer mühe billich ent
hoben sein solten.

So sey doch Anwalds gnediger Fürst vnd Herr der
gäntzlichen zuuersicht/E.F.G. vnd derselben hochuerstendi
ge Beysitzer werden/dessen vngeachtet/vber diser S.F.G.
erbrungenen rechtlichen Notturfft/dieselbe mit fleiß zuuerle
sen/vnd der gebür nach zuerwegen/kein verdruß haben/weil
E.F.G. sich wol zuerinnern/daß einem seglichen Richter/
vnd vil mehr E.F.G. vnd derselben hochuerstendigen Bey
sitzer/(als die propter singularem industriam fidem & grauitatem
ad huius officij magnitudinem adhibiret werden) Beyder Parth
notturfft mit sonderm fleiß anzuhören vnd zubetrachten ge
büre.

*Non attin-
git Princi-
pem.*

Dann

Dann was die angezogene anzahl der Sätze anlangt/ gestehet Anwald/ daß er auff S. G. Fürsten vnd Herrn volführten Beweiß/Probationes vnd Replicas, auff deß Syndici angemasten gegenBeweiß aber / Exceptiones vnd Duplicas vbergeben habe/ das er auch befügt gewesen.

Vnd wann gleich Anwalds Probationes, Exceptiones, Replicæ vnd Duplicæ, alle sampt / schlechts vnd ohne außdrückliche meldung / daß die Probationes vnd Replicæ auff den verfürten Beweiß/die Exceptiones vndDuplicæ aber auff den angemasten gegenBeweiß gemeinet vnd dirigiret, vbergeben sein solten.

Dieweil aber nicht alleine Beweiß/ Sondern auch gegenBeweiß geführet/ so müsten doch dieselben producta, considerata ista differentia, & secundum hanc distinctionem verstanden vnd angenommen werden.

Tum quia nemo intelligitur eligere eam viam, per quam actus corruat, Tum etiam quia in dubio semper capiēda est illa interpretatio, per quam actus sustinetur iuribus vulgatis.

So ist es auch nirgends/weder in den gemeinen beschriebenen Rechten / noch in der Keyserlichen Cammergerichts ordnung / oder durch desselben löblich hergebrachten stylum verboten/ daß man auff volfürte beweysung/nur zwen Sätze einbringen dörffte.

Vnd weiß man wol / quod omnia concessa intelligantur, quæ de Iure communi non expressè prohibentur.

Vnd ob wol im jüngst Anno 70. zu Speyer auffgerichtem Reichs abschiede / vnder andern statuiret vñ verordnet/ das auff die publicirten attestationes ein jedes theil nur zwo Schrifften einbringen/vnd damit in disem Punct beschliessen sollen/ so muß doch dieselbe newe Reichs Constitution, nur von denen disputationibus attestationum, welche erst nach dato derselben Constitution mouirt vnd angefangen/vnd keines wegs dahin verstanden/noch gedeutet werden/ das auch die jenigen / welche vil Jar vor disem Reichs abschied / ihre attestationes zu disputiren angefangen / gleiches falles nur mit zweyen Sätzen beschliessen müssen.

A iij  Nanque

Namque certi & indubitati iuris est, Quemadmodum constitutio noua non extenditur ad actus præteritos perfectos & consumatos: Ita quoque constitutionem nouam non extendi ad actus præteritos ceptos, licet illi nundum sint consumati, Bar. L. omnes populi nu. 41. ff. de Iust. & iure Abb. c, pastoralis §. verum. nu. 2. ext. de appella. Felin. c. fin. nu. 11. ext. de consuetud. Cum actus cœptus habeatur pro completo L. etsi, non sine, §. infecti, ff. de auro & argento legato L. rogo, §. fin. Nequid in loco publ. Bart. L. quo minus nu. 10. ibi Iaf. nu. 54. & 55. ff. de flum. Bart. L. cætera §. sed si parauerit ibi Iaf, nu. 19. ff. de legat.

Hierneben wirdt in vorberürter Constitution in jüngst Año 70. zu Speyer auffgerichten Reichsabschide ausdrucklich dise vrsachen gesetzt vnd angezeigt/weil alle Schrifften/ so vber zwo super attestationibus einkommen/ nur zur verlängerung deß Proceß gemeinet sein

Nun aber ist es offentlich am tage/ daß Anwalds gnediger Fürst vnd Herr als Kläger/ nicht zuuerlengerung deß Proceß/sondern zu mehrer begründung S. F. G. intents/ vñ nottürfftiger widerlegung deß Gegentheils vnergründten behelffs / zuuorderst weil ihr F. G. vnd dem gantzen Churfürstlichen Hause Brandenburg / an diser sachen mercklich vnd vil gelegen / mehr dann zwo Schrifften einbringē lassen.

Derwegen dann dieses falles die allgemeinen Rechts Regeln statt finden / Quod cessante causa legis, constitutionis vel dispositionis, Etiam ipsa lex, constitutio vel dispositio cesset. Late Tiraq. in tr. cessante causa Euerhar. in Topic, in Loco à ratione legis cessante. Item quod in causis magnis & arduis, & vbi maius periculum versatur, etiam plenius, cautius & subtilius fit disputandum, Bal. L. fin. C. de hæ red. inst. Quem refert Barbat, mihi conf. 43. Incipit præclare scribitur col. L. verf. ponderat Lib. 1.

Vber das ist in gegenwertigem falle / der streit nit von gemeinen geringschätzigen / sondern von grofwichtigen hohen Sachen vnd Händeln / so aller Marggrauen zu Brandenburg/ als Burggrauen zu Nürnberg/ hohe Landes Fürstliche vnd fraischliche Obrigkeit im gantzen territorio vnd district vmb Nürnberg antrifft / derowegen dann die angezogene newe Reichs Constitution zu diser gegenwertigen sache keines wegs gezogen werden kan.                    Dann

Dann es ist vorsehens Rechtens / Quod sub generali dispositione nunquam comprehendantur neque res, neque personæ notabiles, & magnæ, vt inquit M. de afflict. decis. 265. nu. 15. Cephalus consi. j. nu. 57. & satis probatur ex eo quod consuluit Ias. consi. 117. nu. 2. vers. tertio principaliter lib. 4. vbi inquit: Quod iura feudorum prohibentia clericos & religiosos succedere in feudis non procedant in Cardinalibus, propter eorum excellentiam, ex quo eorum non faciunt specialem mentionem, & quæ speciali nota digna sunt, si non exprimantur nõ compræhenduntur, sub dispositionis generalitate L. Item apud labeonem §. hoc dictum ff. de iniurijs.

Similiter hæc conclusio comprobatur per id quod consulit Ripa in secundo responso, vbi inquit: Quod Laicorum statuta siue in rem, siue in personam, generaliter loquentia, quanquam ligent clericos, non tamen debent ligare clericos Cardinales, propter excelsæ dignitatis prærogatiuam, ob quam nec fidelitatem tenentur iurare, & de eis est facienda specialis mentio.

Præterea hæc sententia comprobatur per Text. c. 2. iuncta gl. depræhend, in 6. vbi fit mentio de dignitatibus, & tamen secundum Gl. non comprehenditur dignitas Episcopalis, quia non fuit nominatim expressa.

Insuper hæc sententia comprobatur per Text. c. quia periculosum ext. sentent. Etiam in 6. vbi in generali excommunicationis sententia non comprehenduntur Episcopi, nisi in sententia de Episcopis specialis fiat mentio.

Postremo hæc sententia comprobatur per Text. c. quamuis elect. j. deprehend, in 6. vbi priuilegium vel rescriptum loquens de Ecclesijs, nõ comprehendit maiorem cathedralem nisi specialiter exprimatur. Ang. d. l. apud labeonem §. hoc dictum ff. de iniurijs.

Auß welchem allem nun augenscheinlich vnd lauter am tage / das Syndici widerfechtens / vngeachtet / die eingewandte Triplicen mit billicheit eben so wenig / als die vorigen probationes vnd Replicen, zuuerwerffen sein / daß auch die sachen auff vorige gesetze / nicht könne für beschlossen gehalten werden.

Was aber den angezogenen langweiligen verzug betreffen thut / wer es wol billich / weil Syndicus je Fürstlichem Anwald / derhalben so harte beschuldiget / daß er derwegen allerdinge selbst vnschuldig wer.

A iij

Es ist aber Syndicus nicht weniger (wiewol ōhn einige Ehehaffte verhindernuß) selbst stets mehr / dann klagender Anwald in mora gewesen.

Dann das Syndico gebüret hette/ den anfang zumachen/ vnd auff deß Marggrauen als Klägers volfürte Beweisung zu excipirn/ solches ist in der Cammergerichts ordnung 3. parte cap. 18. lauter versehen / vnd wird in omnibus iudicijs totius Germaniæ also gehalten/ weñ deß Klägers Beweiß publiciret, das Beklagter schuldig darwider anfänglich vnd zum ersten seine Exception einzubringen.

Vnd was darff Syndicus / auß dem Baldo vnd Marantha deßhalben vil wesens machen / da es doch seine Herrn die von Nürnberg selbst dermaßen / wie in der angezogenen Keyserlichen Cammergerichts ordnung statuiret, vnd in omnibus Iudicijs totius Germaniæ obseruiret wirdt / gegen Anwalds gnedigen Fürsten vnd Herren / inn etlichen andern Rechtsachen/ also gebraucht vnd gehalten haben wöllen.

Es nimbt aber Anwald für gerichtlich bekannt an/ daß Syndicus selbst gestehet / daß er mit seiner vermeinten Exception auff deß Klägers verfürten Beweiß /selbst etliche vil Jar verzogen.

Dann darauß folget / daß er Anwalds ersten verzug mit vnbilligkeit fechte.

Vnd ob sichs wol auff Anwalds gnedigen Fürsten vnd Herren antheil nachmals mit vil ermelten Triplicis etwas lange verweilet / wie dann auch Syndici wegen vilfältige verzüge fürgefallen / So ist doch die sachen dermaßen groß vnd weitleuffig / daß man sie nicht also in ein forme giessen kan / sondern zeyt dazu haben muß / vnd seind die jetzigen Advocaten newlicher zeyt / vnd nach absterben deß vorigen zu diser Sachen Bestalt/ vnd ob wol Anwalds gnediger Fürst vnd Herr / bey denselben mit gnaden fleissig Sollicitiren / vnd anhalten lassen / damit jhr F.G. rechtliche Notturfft / zeytlich genüg verfertiget vnd produciret werden köndte/ so hat sich doch solches auß vorberürter vrsache/ vnd
daß

daß die Aduocaten auch andern Herrschafften / Chur vnd Fürsten / mit diensten vnd Ratsbestallung verwannt / dermassen verspettet / das jr F. G. dieselben Setze durch andere jhr F. G. getrewe Hofräthe vnd Aduocaten intra terminum nicht haben verlesen / erwegen vnd ad mundum bringen lassen können.

Nun aber ist zu Recht lauter versehen / Quod Aduocati impedimentum iustam excusationem præbeat.

Gleicher gestallt ist zur Rechte vorsehen / das demselben / welcher innerhalb deß angesetzten Termins / impediret vnd verhindert wird / seine rechtliche noturfft zu producirn / solcher verzug zu keinem nachtheil geraiche / sondern daß er mit derselben nichts destoweniger post terminum gehört werden soll / Ioan. de Amicis consˌ 28.nu.). Ioh. Baptista Azimius in sua practi iudiciorum §. 22. cap. 2. Lim:2. ubi atteſtatur hanc sententiam esse communiter receptam, argumento L. scire oportet §. j.ff. de excusat:tutor.

Ferner ist der in diser sachen angesetzte Termin / nicht terminus probatorius, sondern allegatorius, vnd ist klares vnd vngezweyfeltes Rechtens / Quod terminus allegatorius non sit Reim dich. peremptorius, Quodq; producta post terminum allegatorium, indistincte debeant admitti.

Inmassen zu anfang berürter triplicen angezogen / vnd von Syndico / mit nicht widerlegen / tacite gestanden wird.

Vber das ist alles / so in den triplicen , in puncto petitorij deduciret vnd in facto hafftet / ex actis depromiret vnd gezogen / das ander aber seind allegationes iuris.

Vnd ist es zu Rechte ausstrucklich versehen / vnd wird von den Rechtslehrern einhellig dahin geschlossen / daß nicht alleine post terminum elapsum, sondern auch post conclusionem in causa admitti debeant allegationes facti, quę ex actis depromptæ sunt. Bal:ca.fin:nu: j. Ext.de probat. Felin. c. cum dilectus nu: 15. Ext. de fide Instrument.

Gleicher gstalt ist es zu Rechte versehen / Quod post terminum etiam peremptorium elapsum , indistincte admitti debeant

beant allegationes iuris, Bal. c. pastoralis Ext. de causa poss. & propr. Antonius. de Butrio:c. licet causam col.3. vbi Dec.nu.17. Et August. Berous nu.98. q. De probat.

Vnd was mehr ist / ordenen die Rechte / vnd wird von den Rechtslehrern einhellig dahin geschlossen / Quod non modò post terminum peremptorium elapsum,sed etiam post conclusionem in causa admittantur illae allegationes quae in iure consistunt. Bal. c. fin. col. fin. ext. de probat. Bal. auth. iubemus col. fin. C. de Iudicijs Ias. L. admonendi in Repet. nu. 64. ff. de Iure iur. Rober. Mar. in suo speculo 3. parte. nu:2. August. Bero. d.c. licet causam, nu. 98. ext. de probat. August. Berous r. quoniam contra nu. 237. ex. eod. Tit.

So ist auch alles vnd jedes / so in den triplicen in puncto petitorij deduciret, ad confirmationem prius productorum gerichtet / derowegen dann dieselbe vmb desto souil mehr anzunemen.

Dann es zu Rechte aufftrücklich versehen / wird auch von den Rechtslehrern einhellig dahin geschlossen / Ea quae ad confirmationem prius productorum tendunt, post terminum peremptorium elapsum indistinctè producipoße, & producta admittenda esse, prout hoc expressè vult Baldus c.j.nu,j. ext. de fide Instru, Hyp. de Marsi: sing. 113. Dec. c,j.nu, 33. ext. de probat. Azimius in praxi Iudiciorum §. 22. ca. 7. In quibus locis praefati DD. concludunt : Ei, qui intra terminum produxit exemplum seu copiam, indistinctè permitti etiam post terminum elapsum producere Originale, eam ob causam quia illa productio originalis tendit ad confirmationem exempli prius producti, & illud quod tendit ad confirmationem alterius, eodem tempore factum esse videtur.

Idem quoq volunt & illi DD. qui concludunt, licet post attestationes publicatas, testes ulterius recipi & examinari nequeant, attamen post attestationes publicatas, Testes recipi & examinari posse ad confirmationem priorum Dec. c. j. nu: 33. ext: de probat: Vbi ipse attestatur eandem opinionem etiam amplecti Inno: Bald: Antho: de Butrio & Abb.

Die Rechte ordenen auch / vnd wird von den Rechtslerern dahin geschlossen: Quod post terminu etiam peremptorium

rium elapsum indistinctè permittatur iura sua producere, quodq́; producta etiam post terminum peremptorium indistinctè admitti debeant,eo casu, qñ is cui onus probãdi incumbit,intra terminum à Iudice bis admonitus non fuit iura producere,prout hoc expressè tradit Ant.§.si quis añt: col.fin.Instit. de hæred. & Falcid.Cæpolla caut. 110.M.de afflict:decis. 262. Hiero. Schurff. cons. 34. nu. 4. lib. 1. Ay. Grauet cons. 108. nu. 9.

Darauß dann folget/weil in gegenwertigem falle/ bina admonitio iudicis nicht verhanden/ vnd Fürstlicher Anwaldt/ ante terminum elapsum à iudice nicht bis ist admoniret worden/ daß er berürte Triplicas intra terminum producirn solte / daß der lapsus termini dem Fürstlichen Anwalde nicht schädlich sein möge / dieselbe seine Triplicam zu produciren.

Hieneben wirdt es einem Erbarn Rathe der Statt Nürnberg darzuthon vnmöglich fürfallen / daß er derwegẽ/ das Fürstlicher Anwald seine Triplic, intra terminum nicht produciret, einigen schaden / nachtheil oder verschmelerung an seinem Rechten erlitten / Jnmassen zu anfang berürter triplicen auch angezogen / vnd von Syndico / in seinen Conclusionibus mit nicht widerleget / tacitè selbst gestanden worden.

Darauß dann abermal folget / daß der lapsus termini Anwalds gnedigem Fürsten vnd Herren nicht schad noch nachtheilig sein müsse.

Dann es zu Rechte außtrückliche versehen/ quod eo casu quãdo Ius partis aduersæ nõ est factũ deterius, alicui indistinctè vlterior dilatio ad producenda iura sua concedi debeat. Quodq; producta post terminum, etiam vlteriore dilatione non impetrata, indistinctè admitti debeant, Eo casu quando ius partis aduersæ nõ est factum deterius. Gl. Clem. sæpe ibi Card. de verb. signif. Bal. L. si ea C.qui accus.pass.vel non P.de castro L.admonendi nu.28. ff. de iureiur. Ioan. Baptista Azimius in sua praxi Iudiciorum §. 22. cap. 2. sub. limit. 1.

Vber das ist kein zweyfel daran daß die/ vermöge der Keyserlichen Cammergerichts ordnung/angesetzte Termin/ nach den gemeinen beschribenen Rechten / der gestalt gedeutet vnd verstanden werden müssen / das in vor berürten fällen die producta, etiam post terminum elapsum zu admittiren vnd zuzulassen. Sintemal

Sintemal es zu Rechte außdrücklich versehen / daß die
Keyserliche Cammergerichts ordnung / so wol als alle ande&shy;
re ordnungen vnd satzungen/nach den gemeinen Beschriebnen
Rechten gedeutet / verstanden/ declarirt, restringiret, vnd am&shy;
plijret werden müssen.

Auß welchem allem dann augenscheinlich vnd lautet
am tage /das Syndicus sich mit dem angezogenen lapsu ter&shy;
mini , Anwalds gnedigen Fürsten vnd Herren zu nachtheil/
nit zu behelffen/ vnd das/ deß Syndici widerfechtens vnge&shy;
achtet/mehr berürte triplicen,in puncto petitorij mit billicheit
nicht verworffen/sondern angenommen werden müssen.

Den andern Punct anlangend / da Syndicus die Pe&shy;
titorische Bitt zufechten / sich vermeintlich vnderstehet / hie&shy;
wider repetirt Anwald / was er deßhalben in seinen triplicen
Beständiger weyse deduciret vnd außgefüret.

Vnd nimbt demnach anfänglich für gerichtlich Bekant
an/ das Syndicus in seinen Conclusionibus, durch sein nicht
verantworten / jetzo tacitè selb gestanden / vnd gestehn hat
müssen / daß die Narratio deß Anno 26. vbergebenen libels/
Jnmassen dieselbe in triplicis angezogen / nicht alleine die pos
seß vel quasi, sondern auch das dominium sive proprietatem iu&shy;
ris, & sic petitorium comprehendit, vnd in sich begreiffe/Dann
auf solchem deß Syndici eignem Bekantnuß will vnuernein&shy;
lich folgen / weil in fine Libelli die salutaris clausula petens sibi
ius & iustitiam administrari angehangt.

Ob gleich die Conclusio das ansehen haben möchte/ds
dieselbe alleine auff das possessorium gerichtet(wie man doch
nicht einreumet) das doch nicht destoweniger das Libel der&shy;
gestalt zudeuten vnd zuuerstehen sey / das Anwalds gnedi&shy;
ger Fürst vnd Herr nicht alleine das possessorium , sondern
auch das petitorium instituiret vnd angestelt habe. Das auch
E. F. G. vnd derselben hochverstendige Beysitzer nicht allein
inpossessorio , sondern auch inpetitorio , was Recht ist zuer&shy;
kennen vnd außzusprechen/schuldig sein/ Jnmassen solches in
triplicis per multas rationes & autoritates dargethon vnd auß&shy;
gefüret/dahin sich Anwald geliebter kürtze halber nochmals
ziehen thut.

Vnd

Vnd ist sich wol zuuerwundern/ das Syndicus fürgeben darff/ als solte die Clausula, *Petens sibi ius &c.* nur dessfalls etwas fürträglich sein/ Quando nihil specificum est conclusum, sed loco specificæ conclusionis, tantum est simpliciter apposita illa clausula.

Da doch alle Rechtslerer/so in triplicis in grosser anzal angezogen/ einhellig dahin schliessen/ Licet conclusio facta sit in solo possessorio, Tamen si in libello sit facta narratio, quæ & petitorium & possessorium respiciat, tunc propter subiectam clausulam: *Petens sibi ius & iustitiam fieri & administrari*, Libellum istum trahi ad petitorium & possessorium, Eò quod dicta clausula operetur non tantum circa ea, quæ sunt conclusa & petita, verum etiam circa ea, quæ vllo modo narrata & proposita sunt, ac in narratis comprehendi possunt, Wie dann dise Opinion vnd meinung vltra DD. in Triplicis allegatos auch halten vnd erstreiten. Francis. Marcus in decis: Delphin. quæst. 67. nu. 2. & quæst. 95. nu. 4. Menoch. in Tract. de Remed. recup. poss. in prælud. nu. 16. qui citat itidem complures alios & Francis. Bursat. cons. 27. nu. 2.

Vnd ohne das niemals kein Rechts verstendiger erfaren/ (wie dann auch Syndicus keinen zu allegiren gewust) qui dixisset, clausulam petens sibi ius &c. tantum operari quando nihil specificè esset cōclusum. Sondern die Rechtslerer schliessen einhellig vnnd allgemein/ nemine penitus discrepante, dahin/ Quod stante prædicta clausula, petens sibi &c. Actor non intelligatur se adstrinxisse ad illam viam quam in conclusione specificè expressit, sed eligisse omnia remedia, vias, leges, vel formas, quæ vllo modo narratæ & propositæ sunt, ac in narratis comprehendi possunt, so ist auch vber das Syndici eigen fürgenommene/ vnd den Rechten vnd derselben Bewertisten Lehrern vngemesse singularitet, welche im Keyserlichen Cammergerichte/ vermöge desselben Ordnung 1. par. cap. 13. nicht geduldet noch gelitten/ oder aber darauff gehandelt vnd verfahren werden solle/vmb souil desto mehr zuuerwerffen/ das dem klag Libell præter clausulam *Petens sibi &c.* auch die clausel in der aller besten Form vnnd gestalt/ wie solches geschehen kan oder mag/omni meliori modo forma & via inserieret ist, Nam quoties ista clausula adiecta est, nunquam fit restrictio ad spe-

B  cificata

cificata in conclusione, sed Iudex ob dictam clausulam, super omnibus deductis atque probatis, iudicare tenetur. Quomodo vltra Bal. & Alex. in Triplica allegatos expressè & inspecie tenent Socin. consi. 142. nu. 5. libr. 1. Ay. Crauet. consi. 326. nu. 15. & Tobias Nonius consi. 5. nu. 6.

Daß aber Syndicus vermeinen will / das dise Parth aller seyts nicht alleine super possessorio, sondern auch super petitorio articuliret / Beweiß gefüret / vnd disputationes eingebracht / solches ist ein offentlicher vngrund.

Dann auß Anwalds gnedigen Fürsten vnnd Herren vbergebenen Beweiß Artickeln eingebrachten documenten der Keyserlichen vñ Königlichen Jnuestituren / Confirmationen vnd Privilegien / ist offentlich vnd lauter am tage, das S. F. G. nicht alleine super possessorio, sondern auch super petitorio Beweiß gefüret / vnnd souil dargethon / daß ihr F. G. nicht alleine die possess vel quasi, sondern auch das Dominium der hohen Landsfürstlichen vnnd fraischlichen Obrigkeit im gantzen Burggrafthumb zu Nürnberg / vnnd vnder andern auch an den strittigen Ättern zustendig sey.

Gleicher gestalt ist auß eines Erbarn Raths der Statt Nürnberg / angemasten gegenbeweiß offentlich vnnd lauter am tage / daß sie solches nicht alleine nicht widersochten / vnd also saltem tacitè Belibet / ( qui consensus tacitus in iudicialibus idem operatur, quod consensus expressus vt tradunt omnes. L. quæ dotis ibi Laf. nu. 77. & nu. 188. ff. sol. matr. ) sondern auch vber das gleicher weyse articulos positionales & probatorios, non tantum super possesione. verum etiam super Dominio iuris, & sic super petitorio vbergeben.

So hat auch Syndicus all seine eingebrachte Setzl partim sub titulo possessorij, partim sub titulo petitorij selbst vbergeben / wie er dann seine vorige Duplicas vnnd jetzige Conclusiones, außdrücklich sub puncto petitorij selbst intituliret.

Wie

Wie darff er dann nun contra tam manifestam veritatem, mit vnuerschambt fürgeben/ als solte super petitorio durchauß neque in specie neque in genere procediret sein.

Vnd weil dann Negatio facta contra euidentiam facti in den Gerichten für nichts geachtet werden soll vnd muß/ iuxta Gloss. L. post rem vers. vlt. ff. de trāsact. Bal. in tit. de pace constanti. §. ad hæc Col. fin. Ias. L. 2. nu. 103. C. de iure emphyt.

Als bleibet demnach die in Triplicis angezogene Theorica vnabgelehnet/ Quod quilibet Libellus recipiat declarationē ex prosecutione causæ & probationibus postea factis, Quodq actor quilibet præsumatur in Libello deduxisse, illam actionem, illudq ius quod ipse prosecutus est atq super quo probationes fecit. Item quod iudex non tantum super possessorio siue super possessione, verum etiam super dominio iuris pronunciare debeat, eo casu, quoniam super dominio sunt factæ & admissæ probationes, iuribus & autoritatibus in Triplica allegatis.

Dann das Syndicus seinem fürgeben nach in etlichen Schrifften protestiret haben solle/ das der Titul vnd die petitorische gerechtigkeit/ von jhme anders nicht/ dann nur adminiculatiuè angeführet würde/ dessen ist Arnwald nicht gestendig.

Vnd da gleich eine solche protestatio (wie man doch hiemit nicht einreumet) verhanden sein solle/ so könde doch dieselbe in gegenwertigem falle gantz vnnd gar nichts würcken.

Dann allhier wird von einem solchen possessorio disputiret, quod habet annexam causam dominij, Quodq absq titulo neque acquiri neque haberi potest.

Quomodo vltra Alciat. in Triplicis allegatum expresse & in specie tenent Menoch. in Tract. de Remed. Recup. possess. Remedio 3. nu. 588. cum seq. Alex. consl. 16. col. 4. Lib. 5. Et Natta consl. 289. nu. 12. vnd Syndicus durch sein nicht verantworten solches gestehet.

B. ij

So hat auch Anwald stets gebeten / Vt non tantum super possessorio, verum etiam super dominio Iuris, & sic super petitorio pronunciaretur.

Vnd ist hiebevor ex Nevizano & alijs Doctoribus in Triplica allegatis, gnugsam dargethon vnnd aufgefüret / wird auch vom Syndico durch sein nicht verantworten selbst gestanden / Quando possessorium habet annexam causam Dominij, quod tunc actor indistincté petere possit, vt nõ tantum super possessorio vel quasi, verum etiam super dominio & proprietate pronuncietur. Quodq; illa petitione facta Iudex etiam contra voluntatem Rei conventi, super petitorio pronunciare debeat & obligatus sit.

Ferner nimbt Anwald für gerichtlich bekant an / daß Syndicus durch sein nicht verantworten selbst gestanden / vnd gestehn hat müssen / das K. F. G. vnd derselben hochverstendige Beysitzer / als die höchsten Richter / nicht alleine wol befügt / sondern auch schuldig vnd pflichtig sein / etam in Iudicijs meré possessorijs, non tantum super possessorio, verum etiam super proprietate sive dominio Iuris, was Recht ist zuerkennen / vnd aufzusprechen / deß falles. Quando ex probationibus factis de dominio vel proprietate rei vel iuris liquent, etiamsi solum possessorium in Iudicium deductum sit.

Jnmassen daßelb in triplicis mit mehrem bewehret / dahin sich Anwald / kürtz halber nochmals ziehen thut.

Vnd weil nun die Acten / so in diser Sachen ergangen / klärlich geben vnd außweysen / das ex parte Ihr F. G. so viel dargethon vnd aufgeführt / daß Ihr F. G. nicht alleine die possess vel quasi, sondern auch das dominium der hohen fraischlichen vñ Landsfürstlichen Obrigkeit / im gantzen Burggrafthumb der Nürnbergischen Provintz / vnnd an den anderen sttreittigen örtern zustendig / als muß auß vorberürtem Syndici eigenem bekändtnuß / vnuernemlich folgen / das K. F. G. vnnd derselben hochverstendige Beysitzer schuldig vnnd pflichtig / dem Herren Klägern nicht alleine die possesion vel quasi, sondern auch das dominium der fraischlichen vnnd

Lands-

Landsfürstlichen Obrigkeit im gantzen Burggrafthumb/vn̄
allen andern streittigen örtern zu zuerkennen / vñ zu adiudicirn,
auch im falle/ da gleich das Anno 2c. 26. vbergebene Libell/
vber zuuersicht der gestalt gedeutet/vnd verstanden werden
möchte/ daß alleine das possessorium instituiret, vñ in iudicium
deduciret were.

Vnd ist es ein lauter erdichter vngrundt/daß Syndicus fürgeben darff/ als solte Anwald weder in petitorio noch
in possesorio nichts probiret haben/dañ der volfürte Beweiß
bringet vil ein anders mit sich.

Vnd da je Anwald nichts erwisen hette/Warumb ficht
dann Syndicus so hefftig/ daß man die triplicas in puncto petitorij, in welchem stattlich aufgefüret/ daß seinem gnedigen
Herrn Principaln die Fürstliche vñ fraischliche hohe Obrig-
keit/ merum & mixtum imperium, Item alle Regalien / in dem
gantzen Burggrafthum̄ zu Nürnberg/vñ der gantzen Nürnbergischen proviñtz/ territorio, Bezirck vnd district, biß an die
Stattgräben vnd Mauren zu Nürnberg/ vnd an allen andern strittigen örtern vnd Dörffern / iure dominij zuständig
sein/vetwerffe/ vnd die sach auff vorige gesetze/für Beschloss-
sen halten soll / Aber es grawet Syndico vor der speise/ vnd
würd jhm gewißlich gehn/nach dem Sprichwort: Quod
malus timet, hoc ipsi contingit.

Fürstlichen Anwalden wird vom Syndico zur vnBil-
lichkeit/ als ein inciuilitas vnd arrogantia auffgeruck / daß er in
seiner Triplicen gesetzt/ E. F. G. vnd das löbliche Cammer-
gericht/wern schuldig vnd pflichtig/ seinem gnedigen Fürsten vnd Herrn/nicht allein die possess velquasi, sondern auch
das dominium der fraischlichen vñ Landesfürstlichen Obrig-
keit/an den strittigen örtern zu zuerkennen/vnd zu adiucim.

Dann es hat je Anwaldt in triplicis , an vorBerürtem
orte / das Keyserliche Cammergerichte selbst das höchste
Recht genannt/ Weiß auch wol/ daß E. F.G. vnd derselben
hochverstendige Beysitzer / einer solchen hohen Reputation
vnd ansehens sein/ V t ipse Imperator pro sapientia & luce dignitatis suæ,vos non aliter iudicaturos crediderit, quàm ipse foret iu-
dicaturus L. vnica in fine ff. de offic: pfect: ptor.

B iij So

So hat auch Fürstlicher Anwald außdrücklich gesetzt / das E. F. G. eben solcher præeminents vnd præsumption halber/in causis coram ipsis ventilatis, non secundum apices iuris, sed sola facti veritate inspecta zu procedirn befügt vnd schuldig.

Zu dem hat Anwald niemals daran gezweyfelt / das E. F. G. vnd derselben hochverstendige Beysitzer / vermüge jhres geschwornen Corporlichen Eydes / in diser Sache / so wol wie in allen andern geschicht / nicht nach deß Syndici/ wider Rechtliche singularitet, sondern nach deß Reichs gemeinen Rechten / vñ gemeinem Beschluß der Gewertsten Rechtsgelerten/ richten vnd vrtheilen würden/wie solte dañ nu Anwald darzu kommen / daß er E. F. G. vnd derselben hochverstendigen Beysitzern / gebietliche manuductiones (wie es Syndicus hönischer spötischer weiß nennet) verschreiben solte.

Daß aber Anwald disen Punct / Nemlich in casu proposito, non tantum super possessione, verum etiam super petitorio zu pronuncijrn/ etwas weitleufftig disputiret, solches hat Syndicus von Anwalden mit seinen vnergründten inficiationibus ; vnd widerrechtlichen singularitatibus selbst erdrungen.

Vnd ist solches gantz vnd gar nicht geschehen / in gemüt vnd meinung/ das hochlöbliche Cammergerichte/ darduch zu informirn vnd zu lehren / wie es iniuriantischer Advocat / gerne deuten wolte / sondern nur zu ablehnung deß Syndici vnergründten vnd widerrechtliche behelff.

Aber es stünde Syndico besser an/daß er nicht probris & contumelijs, sondern legibus & rationibus pugnirte, dañ daß er sich befleissiget Anwalden bey dem hochlöblichen Cammergerichte zuuerstumpfiern vnd zuuerunglimpffen.

Vnd weiß gleichwol Anwald / Syndico gar keinen danck/daß er es zu E. F. G. vnd derselben hochverstendigen Beysitzern freyen willkür stellet/ ob sie auff das petitorium erkennen wöllen oder nicht.

Anwald behelt nochmals vnzweyfeliche fiduciam bonitatis suæ causæ , vnd das E. F. G. vnd derselben hochverstendige

ſtendige Beyſitzer/ auff vrſachen/ wie hiebevor in triplicis, vnd
jetzo vermeldet/ ſeinem gnedigen Fürſten vnd Herren/ nicht
allein die poſſeſſionem vel quaſi, ſondern auch das dominium
der hohen fraiſchlichen vnd Landsfürſtlichen Obrigkeit/ im
gantzen Burggraffthumb der Nürnbergiſchen Prouintz/ zuzuerkennen/ ſchuldig vnd pflichtig ſein.

 Was letzlich den dritten Punct anbetrifft/da Syndicus Anwalds gnedigen Herrn Principaln/ vnd allen Marg Fürſtengrauen zu Brandenburg/ als Burggrauen zu Nürnberg den thumb.
Titulum, als das Fürſtenthumb/Regal/Obrigkeit vnd Ter- folio 4.
ritorium deß Burggraffthumbs nicht alleine zufechten / ſondern auch gantz zu inficijrn vnd zu leugnen ſich vnderſtehet/
darwider repetirt Anwald priora, vnd nimbt demnach für
gerichtlich bekannt an/ das gleichwol Syndicus alles vnd
jedes/ was Anwald ex noticia veteris Romani Imperij, wie es
vmb Grauen/ Burggrauen vnd andere gradibus dignitatum,
bey den alten eine glegenheit gehabt/ vn̄ wie es jetzt darumb
geſchaffen/ mit beſtendiger warheit referiret, durch nicht verantworten ſelbſt geſtanden vnd geſtehen hat müſſen.

 Item das Syndicus mit nicht verantworten ſelbſt ge
ſtanden vnd geſtehn hat müſſen/ daß die Burggraffthumbe in
gemein/ vnd ſonderlich das Burggraffthumb zu Nürnberg je
vnd allwegen/ vnd ſonderlich vor alters/ ihre anſeheliche territoria gehabt/ vnd Keyſerliche würde Lehen geweſen ſein.

 Dann darauß muß Syndici eignem bekanntnuß nach/
vnuerneinlich folgen/ daß die Burggrauen zu Nürnberg/ je
vnd allwege/ auch vor derſelben zeyt/ ehe es Erblich geworden/ in dem ſtrittigen Nürnbergiſchen Bezirck/ vnd Kreiß/
die Landsfürſtliche Obrigkeit gehabt/ das auch zu dē Burggraffthumb zu Nürnberg je vnd allwege / auch vor der zeyt/
ehe daſſelbe Erbliche worden/ ein territorium, auch Land vnd
Leute/ Item die Landsfürſtliche vnd fraiſchliche Obrigkeit/
auch alle Regalien gehörig geweſen.

 Ferner folget hierauß/ daß das Burggraffthumb eben
mit demſelben territorio, Landsfürſtlichen vnd fraiſchlichen
Obrigkeit/ auch allem andern pertinentijs, ein vn̄ zubehörungen/ perpetuiret, erblich gemacht/ vnd den Burggrauen zu
       B iij    Nürn

Nürnberg / deß Herren Klägers Vorfahren / erblich concedirt sein müsse. Nanque perpetuatio seu prorogatio, semper intelligitur facta cum omnibus suis causis, circumstantijs, qualitatibus & pertinentijs.

Dann das Syndicus fürgibt/man würde bey den alten von Burggrauen vnd Grauen nichts oder wenig finden/ das sich mit vnsern temporibus vnd factis vergleichen möchte/ solches seind inania verba, dann es hat vor zeyten mit Burggrauen vnd Grauen eben die gelegenheit gehabt / wie jetzt/ alleine daß es vor zeyten nur nomina officij gewesen/jetzt aber nomina familiarum sein. Item das Burggrauiatus & Comitatus vor zeyten nicht perpetui seu hæreditarij, sed possessoribus eorũ defunctis reuocirt sein worden/donec quod temporibus Lotharij & Conradi Imperatoris accidit, ad Nepotes transferri coeperunt.

Vnd darff sich Syndicus mit den vocabulis Comites domorum, horreorum, rerum priuatarum vnd dergleichen so sehr nicht kützeln/ Dañ ob gleich in illa forma Imperij, welche Constantinus postquam Romanorum Coloniam Bizantiam transtulit, verordnet/das vocabulum Comes, cum adiectione oneris, ein Nomen officij, in curia & palatio Imperatoris, & non nomen dignitatis gewesen/ so seind doch solche Comites nicht so schlecht oder geringe gewesen/ prout ad longum patet, ex traditis per Rebuffum, L. vnz C. de Comitib. & Tribu: Schol. Lib: 12. & Chaso: in tractat. gloriæ mundi, 6. par. consid. 10. & seq. Vnd ist eben/ Comitum commertiorum ein groß officium gewesen/ quia penes illos fuit cura omnium commerciorum per totum imperium.

Et fuit vnus Comes commerciorum per totum Orientem, per totum Ægyptum, per totam Mysiam, per totam Syriam, per totum pontũ, & totum Illyricum, Vnd seind dieselben Comites, allesampt mit vilen andern sub uno comite sacrarum largitionum gewesen.

Vnd Syndicus flicke sich mit den Cuiatio wie er wölle/. so wird er doch nicht verneinen können/Quod in prædicta forma Imperij à Constantino constituti, Comites gewesen sein/ qui ita cum adiectione patriæ appellabantur.

Dann hat Syndicus den L.1. vnd 2. C. quæ res vendi nõ possunt, so auffmutzen dörffen / so het er auch billich ansehen sollen/

sollen/den L. fin; C. de diuerſ. offic. lib. 12. Vbi sit mentio Comitis Corsenæ, Comitis Lybiæ, Comitis Auguſtæ, Euphratenſis, Comitis Myſiæ primæ & secundæ, Comitis Daciæ, & Comitis Pannoniæ. Item Syndicus hette anſehen ſollen totum Titulum C. de offic: Com: orient.

Welcher Comes orientis, gantzer acht provincias Orientales, als Paleſtinam Salutarem, Paleſtinam ſecundam, Felicem Libani, Syriam ſalutarem, Cyliciam ſecundã, Euphratenſem Oſchenam & Meſopotamiã, vnter ſeinem gebiet gehabt/ (teſte Onuphrio Panvino, in libello, cui titulus, *Imperium Romanum*) vnd inſtar Proconſulis guberniret hat/ vt tradit Alciatus in Libello, cui titulus, *De Magiſtratibus Romanis ciuilibusq; & militaribus officijs*. Wie denn auch in L. vn. C. de claſsicis lib: 11. ausdrücklich ſtehet: Quod Comiti Orientis fuerit totus Oriens commiſſus, vt illum malis hominibus purgaret.

Allhier ſehe nun Syndicus/wie ſein fürgeben Begründet/ da er hat ſetzen dörffen/ als ſolte in Romano Imperio kein Comes zubefinden ſein/ der die hohe Obrigkeit vnd ein territorium gehabt hette.

Vnd iſt ſich wol zuuerwundern/ das Syndicus zu ſeinem vermeinten Behelff weiter ſetzen darff/ als ſolten poſterioribus ſeculis in teütſcher Nation etwa vil Grauen gemacht ſein/ die weder hohe Obrigkeit/ noch territorium gehabt/ vnd das dignitas Comitiua, nihil aliud quàm mera perſonalis eminentia & prærogatiua geweſen ſey.

Da doch die Comites, ſonderlich in teutſcher Nation vnd in Franckreich je vnd allwegen/ die hohe Obrigkeit vnd territoria gehabt haben.

Dann es ſchreibet Cornelius Tacitus in Libello de Germanis, daß albereit zu ſeinen zeyten/ apud priſcos Germanos vſu receptum fuerit, vt cuilibet Duci ſeu Principi, exercitus aliquot Comites aſſociarentur, quibus eadem iuris reddendi vicaria poteſtas eademq; conſilij dignitas eſſet, quæ ipſi Duci vel Principi.

Vnd

Vnd list man in Commentarijs, quæ de Romanorum in Rhetia litorali stationibus vor etlichen Jaren sind außgangen/ daß die Romani selbst in jren stationibus præter Ducem, qui rei militari atq; defensioni limitum incumbebat, auch stets einen Comitem gehabt haben/ qui iuridicendo præesset.

Vnd ist dises, daß die Comites in deutscher Nation stets Iudices armati publica autoritate & potestate attributa ab Imperatoribus gewesen/ vmb so vil desto mehr vnzweiuelhafftig. Nam ideo veteri Germanico nomine, Grauij sunt dicti, vel à Iure prehensionis, vel quod senili prudentia, certas Regiones gubernarent.

Daß sie aber auch stets jhre ansehenliche territoria gehabt/ solches erscheinet auß den vsibus feudorum (qui partim ante Fridericum secundum, ab Oberto de Orto, & Gerhardo de Capatisti. Partim verò temporibus ipsius Friderici secūdi, ab Hugelino sunt compilati) sub tit: quis dicatur Dux, Marchio, vel Comes.

Dann daselbst wirdt außdrucklich gesetzt: Quod Comes dicatur, qui de aliquo comitatu est inuestitus. Vnd ist hiebeuor in Triplicis nottürfftig außgefüret/ quod Comitia siue comitatus, ein gantz territorium siue districtum comprehendire.

Item quod illi Comites, qui habent dignitatem cum administratione, Illustres sint & magis æqui parentur Imperatori, quam præsidi.

Wie man denn wol weiß/ Quod sine viribus & potentia nihil unquam in gubernatione præclarum fuerit: nihil sine opibus magnum effici potuerit. Cum parum tuto sit sine viribus maiestas, prudentiaq; sine potentia stulticiæ seruiat.

Ferner nimpt Anwald für gerichtlich Bekannt an/ daß Syndicus alles gestehet/ was Anwaldt de origine dignitatibus, imperio & territorio, des Burggrafthumbs zu Nürnberg/ & quod Noriberga fuerit caput Noriscorum, in seis triplicis reletirt hat. Item quod præfectura Noriscorum fuerit maior & potentior, quàm præfectura Anasi & Styriæ, qui hodie est Archiducatus Austriæ.

Dann eben dadurch wirdt mehr dann nottürfftig erwisen/

wisen / daß das Burggrafthumb zu Nürnberg ab origine ein
statlich Fürstenthumb gewesen / vnd ein ansehenlich territorium gehabt / Vnd folgends eben mit solcher dignitet, Landen
vñ Leuten / auff die Grauen zu Zollern sey perpetuirt worden.

Vnd ist ein vnuerschembter vngrundt / daß Syndicus
hat setzen dürffen / Wann gleich die Comitia Burggrauñ vor
Jaren & ab origine, ein Imperium oder Iurisdictionem, in der
Nürnbergischen provintz gehabt / So hette doch Anwaldt
in toto suo opere, nichts de dominio concesso & finibus territorij
designatis, ab eo qui habet potestatem concedendi & designandi
erwisen / vnd kündte derwegen intentionem iurisdictionis, auff
die Comitiam Burggrauñ, neq; universaliter neq; particulariter
fundirn.

Dann die angezogene Keyserliche vnd Königliche Lehenbriefe / privilegia & confirmationes, besagen vil ein anders /
daß sich wol zu verwundern / das Syndicus die offentliche
lautere warheit dermassen hat inficiren dürffen / Aber es hat
Beklagter Advocat ein ampliation machen müssen / ad dictum
Ciceronis, Vna atq; eadem est in omnibus locis & negotijs hominum inficiatorum impudentia.

Zu förderst aber vnd insonderheit würde das dominium
vnd proprietas der Landsfürstlichen vnnd hohen fraißlichen
Obrigkeit im gantzen Burggrafthumb der Nürnbergischen
provintz / territorio, bezirck vnd district, durch die Infeudatio- Infeudatio
nem Rudolphi erwisen / Vnd was Anwald bey derselben In- Rudolphi.
vestitur, in Triplici gesetzt / solchs ist nulla ex parte impertinens
nequ falsum. Wie Syndicus mit vngrunde andeuten wil / sondern es ist alles durchauß pertinentissimum & verissimum.

Dann daß keine Comitia ohne ein territorium vel district
sein möge / ist hiebevor in triplicis vnd oben gnugsam aufge-
führet.

Vnd thut hierwider nichts / daß Syndicus sich mit
dem Freccio vnd Felino zu flicken vnterstehet / Dann es saget
je Freccia eben in loco ab aduersa parte allegato, Quod Comitatus à comitiua locorum & oppidorum dicatur. Vnd ob er gleich
hinzu henget; Quod nostro seculo in Hispania sæpe creetur Comes vnius oppidi tantum, item in aliqua picotlia, adeo ut dignitas
deho-

dehonestetur & vilescat, cum non censeatur habere grandem potentiam & potestatem, ex vilibus & infirmis subditis.

So wil doch Freccia selbst/wirdt auch eben auf disen seinen worten erwisen/daß die Comites antiquitus, vnnd vor alters/grandem potentiam & potestatem in comitiua multorum locorum & oppidorum gehabt haben.

Vnd sonderlich ist dasselbe bey den löblichen Teutschen stets also hergebracht vnd gehalten worden.

Dann also seind allbereit temporibus Caroli magni die Guelphen, Grauen in Schwaben gewesen/vnd haben jre ansehenliche territoria, vnd Landsfürstliche Obrigkeit gehabt.

Also seind ante Lotharium Saxonem, in Meissen Grauen zu Wettin vnd Landsberg gewesen/welche hernacher sub Lothario Saxone, Marggrauen zu Meissen worden.

Also seind in Sachsen ante tempora Henrici Quarti, Grauen zu Supplenburg gewesen/ex quibus natus Lotharius, factus est Dux Saxoniæ, & postea evectus ad imperium.

Also seind ante Lotharium Saxonem, in Düringen vnnd Hessen Grauen gewesen/welche von jetztgedachtem Lothario Saxone, zu Landgrauen creirt worden.

Vnd daß man der zollerischen vnnd Habspurgischen Grauen geschweige/köndten dergleichen vil andere mehr/vnd vnzehlich Exempel angezogen werden.

Wil aber nun die Grauen vñ Graueschafften vor alter vnd noch/zu förderst aber bey den Teutschen/stets jhr imperium oder iurisdictionem, auch Land vnd Leuthe gehabt/also haben die Burggrauen vñ Burggrafthumb/sonderlich aber deß heyligen Römischen Reichs Burggrauen/vnd souil bestomehr/auch bald im anfang/jhre Land vnd Leuthe/mit der Fürstlichen vnd fraischlichen Obrigkeit gehabt.

Dann wie die alten Teutschen Keyser/die Vandalos quorum caput fuit Magdeburgum, Item die veteres Noriscos, quorum caput fuit Noriberga. Vnd bann die Sarabes, zum Römischen

mischen Reich Bracht/haben sie dieselben Lande ein lange zeit
für des Reichs Cammergüter gehalten/ Haben aber gleich,
wol præcipuis Vrbibus, quæ erant veluti Burgi, hoc est propugnacula & arces imperij, dem vmbligenden orth Landes adiungi-
ret. Et ibi Burggrauios tanq́ Iudices constituiret, qui vice Imperatorum & armati ab Imperatoribus armis & præsidijs, non
modò in illis propugnaculis & arcibus imperij: verum etiam in circumiacenti provincia illi Burgo attributa, & unde ad istud Burgū
fori causa commearetur, ius dicerent, & ne alter alteri aliqua violen-
tia molestus esset, præcauerent, exciperentq́ querelas, quæ sub nomine Burggravij, tanq́ vicarij Imperatoris, hinc inde ex circumiacenti provincia ad ipsum deferebantur.

Also sein des Heiligen Römischen Reichs Burggrauen
Burggrafthumbs zu Nürnberg/zu Magdeburg/vnnd zu
Meissen auffkommen/Jnmassen Anwald in vorigen Triplicis mit mehrem deduciret, vnd Syndicus in seinen conclusionibus, mit nicht verantworten selbst gestanden/vnd gestehn
hat müssen.

Auß welchem allem dann vnwidersprechlich folget/wie
König Rudolph/Burggraue Friderichen mit der Comitia
Burggraviæ, weil Burggraviatus eben so wol/ als comitia, ein
nomen collectiuum ist/quod territorio æquipollet, & territorium
comprehendit, daß seine Königliche Maiestat Burggraue
Friderichen das gantze territorium, vnnd den gantzen districtum, so vmb Nürnberg gelegen/ vnd darzu gehörig/ in feudum concediret habe.

Wie dann solches auch de Burggraviatu Noribergensi, &
Burggravijs Noribergensibus expressè & in specie decidit & tradit summus nostra ætate iurisconsultus Henningus Goeden, in con:
42. per tot; & præcipue nu. 13.

Derowegen sehe nun Syndicus zu/ wie sein fürgeben
begründt/ da er hat setzen dürffen/ als solte dignitas comitiua,
bey den alten nur personalis eminentia, vnd prærogativa gewesen sein.

Item/ als solten auch bey den letzten zeyten vil Comites
gefunden werden/ dern keiner cum comitatu jemals investirt
worden.

C        Des-

Deßgleichen auch vil Burggrauen/die weder Graf-
schafft noch ander Regalien gehabt.

Dann daſſelbe kan keines weges verſtanden werden/
von ſolchen Comitibus/denen eine Comitia non modo committiret, ſondern auch in eos titulo feudali transmittiret, wie in gegenwertigem falle/dañ es niemals erhört worden/daß man
jemands ein ſchlechte perſonalem dignitatem & præeminentiam,
ſolte in feudum concediret haben.

Vil weniger aber kan daſſelbe von ſolchen Comitibus
verſtanden werden/die nicht alleine mit einer ſchlechten Comitia, ſondern auch mit einer Comitia Burggravij, & quidem
tanquam perpetui vicarij Imperatoris (daher ſie dann auch nicht
ſchlechte/ ſonder deß heyligen Römiſchen Reichs Burggrauen genannt werden) titulo feudali ſein inueſtiret.

Wie dann auch Syndicus ſelbſt wol mercket/daß diſ-
ſes in allen Rechten dermaſſen begründet/darumb fellt er letzlich auff einen andern weg/vñ gibt für/König Rudolph habe Burggraf Friderichen mit keinem Comitatu oder Comitia
Burggravij, ſondern mit der Comitia Burggraviæ, vnnd alſo
nur mit einem filial vnd particula in Burggravia, alſo mit dem
Burggräuiſchen caſtro vnd cuſtodia portæ beliehen.

Aber ſolches deß Syndici fürgeben/iſt ein lauter vn-
grund/vnd in allweg vnerheblich.

Dann was wil Syndicus von eim Filial vil ſagen/da
doch alle Churfürſtliche Confirmationes, vber die auream hul-
lam Caroli Quarti, lenger dann vor 200. Jahren auſdrücklich
vermelden vnd zeugen/daß die Burggrauen/mit dem Burg-
grafthumb/vnd der Herrſchafft zu Nürnberg beliehen/vnd
von wegen deſſelben Burggrafthumbs vnd Herrſchafft zu
Nürnberg/Fürſten deß Reichs ſein/wie kan dañ das Burggrafthumb ein filial/vnd dignitas Burggraviatus, ſchlechts tiñ
perſonalis dignitas & eminētia ſein? Wird auch Syndicus kein
ander Burggrafthumb oder Burggraviam tanquam matrem/
deß Syndici ſelbſt erdichter angegebener Comitiæ, als derſelben filial mit beſtand nimmermehr darthon können/wie
dann ein ſolche nie in rerum natura geweſt/oder erhöret worden. Aber

Aber Syndicus ist noch schlimmer vnd wonwitziger/ dann jehner/ qui dixit niuem esse atram, & nullibus rei posse haberi certam scientiam.

Ferner/ hat König Rudolph Burggraf Friderichen præter comitiam Burggrauij, auch mit dem Iudicio prouinciali in Nürnberg beliehen/Vnd wird das iudicium prouinciale von dem iudicio in der Statt Nürnberg außdrücklich distinguiret, vnd in diversa oratione gesetzt.

Derwegen dann das Burggrafthumb zu Nürnberg/ auch in zeyt König Rudolphs Belehnung/ allbereit ein territorium vnd districtum gehabt haben/ vnd mit all demselbigen Burggraue Friderichen geliehen sein muß.

Dann die Derivatio vnd Coniugatio verborum, (vnde bonum est argumentum in iure,) gibt klerlich: quod verba (iudicium prouinciale in Nurnberg) æquipollent istis verbis (iudicium in prouincia Noribergensi.

Vnd ist es vngezweiffeltes Rechtens/quod appellatione prouinciæ contineatur totum territorium, siue totus districtus, wie in triplicis mit mehrem dargethan/ vnd außgeführt/ welches alles Syndicus mit nicht verantworten selbst gestanden/vnd gestehn hat müssen.

Vber das hat König Rudolph/Burggraf Friderichen mit der comitia Burggrauij, & iudicio prouinciali in Nürnberg außdrücklich/ tanquam suæ Maiestatis perpetuũ Vicarium, & ut tanq Vicarius perpetuus Imperatoris, in prouincia Noribergensi, omne iudicium iudicans præsideret, beliehen/ vnd ist in triplicis statlich dargethan vnd aufgefürt/ Quod Vicarij perpetui Imperatoris, & illustres sint & habeant Regalia, atq in suis territorijs omnia possint quæ potest Imperator.

Wie dann Syndicus solches mit nicht verantworten selbst gestanden/vnd gestehn hat müssen/ vnd zu ende seiner jetzigen conclusion schrifft/ nun mehr sich damit zubehelffen/ vnd seiner sachen etlicher massen ein farbe anzustreichen vermeinet.

C ij        Ob

Ob nun nicht Anwald das Ius, welches S.G.f. vnd Herr im Burggrafthumb der Nürnbergischen Prouintz, territorio vnd district prætendiret, als nemlich die Landsfürstlich vnnd hohe fraischliche Obrigkeit/ gnugsam specificè dargethon/ vnd erwisen/(wie Syndicus mit vngrund gerne infichten wolte) stellet man E.F.G. vnd derselben hochverstendigen Beysitzern zuermessen/ anheim.

Dann es werden die worte/ *Omne iudicium iudicans*, nit schlecht vnnd nur generaliter gesetzt/ sed disertè additur, daß Burggraf Friderich als ein Vicarius perpetuus Imperatoris, & quidem in Prouincia Noribergensi omne iudicium iudicans præsidere debeat, Quæ verba Vicarius Imperatoris. Item, in provincia Noribergensi, omne iudicium iudicans, klärlich mit sich bringen/ quæ, quot & quanta iura sint concessa. Als nemlich/ die Landsfürstliche vnd hohe fraischliche Obrigkeit im gantzen Burggrafthumb der Nürnbergischen Prouintz.

Weiter nimbt Anwald für gerichtlich bekannt an/ was volgends Syndicus auß seinen deß Anwalds Triplicis, in puncto petitorij ad longum referiret, vnnd mit nicht verantworten selbst gestanden/ vnd gestehen hat müssen.

Als nemlich/ da Syndicus auß Anwalds Triplicis referiret, daß die Burggrauen höher/ grösser/ vnnd würdiger sein/ dann die Grauen/ Nam licet Lucas de Penna & Hostiensis dicant, quod in Francia Comes præcedat Marchionem. So wird doch solches außdrücklich nur ad illos Comites Fraciæ restringiret, qui sunt pares Fraciæ, aut de sanguine regali, prout expressè tradit Chasseneus in Catalogo gloriç mundi, ç. parte, consider. 47. Quod autem etiam in Alemania Comes præcedat Marchionem, hoc est contra manifestam veritatem.

Item/ das Burggrauen für Fürsten gehalten. Item/ dz sich Sachsen alleine vom Burggrafthumbe Magdeburg schreibet. Item/daß sich die Burggrauen zu Nürnberg für den Fürsten zu Rügen schreiben. Item/daß auch ein Rath zu Nürnberg ihr F.G. dem Hertzogthumb Rügen præponire.

Item

Item das Burggrafthumb zu Nürnberg sey nicht ein Comi‐
tatus sondern Ducatus ( wiewol Syndicus dieses orths das
Burggrafthumb zu Nürnberg / zu desselben veracht / das
Marggrafthumb zu Nürnberg nennet.)
   Item / das Rudolphus concedire omnimodam iurisdictio‐
nem, merum & mixtum imperium in toto territorio & prouincia
Noribergensi.
   Item / die Landsfürstliche Obrigkeit & omnia Regalia.
   Item, quod concesso Burggrauiatu vel Comitatu videantur
etiam concessa Regalia.
   Item, quod Burggravij possint omnia quae Imperator.
   Item, quod Comes potius aequiparandus sit Imperatori, quam
praesidi.
   Item / Graue von Zöllern sey ein Guelphus.
   Item, quod Burggravij sint consanguinei Rudolphi.
   Item, quod Iudicium Prouinciale in Nurnberg sey ein perti‐
nents des Burggrafthumbs.
   Item / daß es sich erstrecket in das gantze Nürnbergische
territorium & districtum, darunter auch das Iudicium Crimina‐
le begriffen / & nedum ciuile.
   Item, concesso iudicio prouinciali concessum & imperiū merū.
   Item, cui omne Iudicium iudicans praesidebit, Ergò in der
gantzen Prouintz / territorio sivè districtu, mit allen Regalien /
mero & mixto imperio vnd Landsfürstlichen Obrigkeit.
   Item / in der gantzen Nürnbergischen Prouintz perpetuus
Vicarius.
   Item / nicht alleine ausserhalb der Statt ein territorium
vnnd Fürstenthumb mit allen obern vnd nidern Gerichten /
sondern auch in der Statt Nürnberg mit der fraischlichen
Obrigkeit / allen Regalien vnd Fürstlichen Obrigkeiten.
   Item / auch in der Statt die gerechtigkeit / an etlichen
Schmidtstätten / Schultheissen ampt / Wald rc.
   Item, in prima inuestitura sey klärlich vermeldet / daß die con‐
cessio der Ober vnd Nidergerichte / vnd also auch die Fürst‐
liche Obrigkeit in der Nürnbergischen Prouintz / territorio,
districtu vnd Bezirck generaliter, indistinctè & in solidum gesche‐
hen sey / vnnd daß dem Rath zur selben zeyt weder in der
Statt / noch ausserhalb / etwas zustendig gewesen.
   Item, sub pertinentijs des Burggrafthumbs inter caetera ein
jedes Hauß in der Statt j. R.

               C iij            Item

Item/daß ein jedes Hauß/ so vber die Brucken im Ay=
stetter Bißthumb dazumal gelegen/ den Schoß geben.

Item/ daß des Keysers Schultheis dem Burggrauen
von seinem Schultheissen ampt/ decem libras denariorum zum
tribut geben müssen.

Item/ daß ein mehrers ad Comitiam Burggrauij gehört
habe. Item/ quod sit consuetudo, daß kein Graueschafft mit
zweyen oder dreyen Flecken constituirt werde.

Item/ daß auß der clausul (quæ idem & sui progenitores)
vnzweiuelich befunden werde/daß König Rudolphs investi=
tur nicht die erste/ Daß auch Burggraf Friderich domals
nicht zu erste oder de novo, das Burggrafsthumb zu Nürn=
berg vom Reich zu Lehen bekommen.

Dises alles / wie gemelt / hat Syndicus mit nicht ver=
antworten selbst gestanden vnd gestehen müssen.

Dann ob gleich Syndicus fürgibt / dises / wie jetzt ge=
melt/ sey magis prolixum quàm fundatum, vnd es gehöre ein
grosse Doce dazu.

So hat er doch nicht die geringste vrsache anzuzeygen
gewüst / warumb es nicht fundirt sein solte/ wie jhme dann
Anwaldt nochmals hiemit trotz biet/daß ers thun solle/so er
nur könne.

Dann es würd Syndico am guten willen nicht ge=
mangelt haben / aber es heißt allhier: Voluntas sola, nullam
meretur laudem. Sondern es muß facultas auch dabey sein.

Vnd were besser/wann iniuriantischer Syndicus ein
Eisenfresser sein wolte/ daß er König Rudolphs/vnd die an=
dern Keyserliche vnd Königliche Investituras, aureas Bullas,
Privilegia & Confirmationes ein schatten gebissen hette/ dann
daß er die Herrn deß Löblichen Cammergerichts / welches
das höchste Recht im Reich / mit dermassen virulentis & scur=
rilibus calumnijs beladet/ Als /da er Anwalden mit vngrundt
bezüchtiget / er habe plus quàm hyperbolicè, & citra veritatem,
als einer qui semel verecundiæ fines vberschritten / indubitanter
falsa, pro constanti fürgebracht / & ex quolibet quodlibet, & in=
numerata falsa & absurda inseriret.

Vnd

Vnd hette Syndico gebüren wöllen/ solches zu demonstriren, vnd Anwalden dessen zu convincirn, aber da ist niemand daheim.

Sondern was Syndicus Anwalden bezichtiget/ dessen ist er selbst aller dings schuldig/ Dann er selbst als einer/ qui semel verecundiæ fines transgressus, darff indubitanter vera, nicht alleine zweiuelhafftig machen/ sonder auch gentzlich verleugnen.

Dann Syndicus darff setzen/ es sey plus quàm hyperbolicè,& citra veritatem von Anwalden angezogen/daß Burggraf Friderich nicht alleine ausserhalb der Statt/mit allen obern vnd nidergerichten/sondern auch in der Statt Nürnberg/ mit der fraischlichen Obrigkeit beliehen gewesen/Vnd daß dem Rath zur selben zeyt weder in der Statt/ noch auß der Statt/etwas zustendig gewesen.

Da doch die inuestitura Rudolphi klerlichen saget/ daß Burggraf Friderichen die Gerichte ausserhalb der Statt/ in der Nürnbergischen prouintz/ territorio, Bezirck vñ districtu, gar vñ gentzlich/ aber von den Gerichten in der Statt/zwey theil concediret, der dritte theil aber jren K.S. Mt. vorbehalten sey worden. Ecce, wo bleiben nun die Gerichte/ so dem Rath zur selben zeyt in vnd ausserhalb der Statt zustendig gewesen sein sollen.

Vnd stehet in inuestitura Rudolphi nicht/ daß nur die Sensenschmide/ so vber der Brucken damals wonhafftig gewesen/ dem Burggrauen den Schoß geben/ vnd dasselbe nur ein pfenning gewesen/ Noch daß von des Syndici derwegen angegebnen Fabelwerck/solcher zinß dem Burggrauen infeudum verliehen worden sein solte/ Sondern es stehet mit hellen klaren worten/daß alle Burger vnd Einwoner zu Nürnberg vber die Brucke/nicht alleine Schoßbar/sondern auch dienstbar/ Verba sunt manifesta: Censum tollet ab altera parte pontis, & de quolibet tempore messis unum messorem.

Ferner stehet in inuestitura Rudolphi außdrücklich/ daß Burggraf Friderich auch mit der gerechtigkeit beliehen worden/ daß jre F. G. deß Keysers Schultheiß zu Nürnberg/

C iij   von

von seinem Schultheisenampt/ järlich zehen pfund pfenning/ decem libras denariorum geben müssen/ Wie darff denn Syndicus fürgeben/ es sey nur ablösige Pfandsgerechtigkeit gewesen.

Und wann es gleich nicht gar fünff ort eins gulden angetroffen haben solte/ da doch die litera außdrücklich decem libras denariorum sagt/ So kan dannoch Syndicus nicht verneinen/ daß des Keysers Schultheis zu Nürnberg/ dem Burggrauen zinßbar vnd vnterworffen gewesen/ Daß auch das Burggrauen ampt höher vnd grösser gewest/ dann des Schultheisen.

Daß aber Syndici fürgeben nach/ die Herrn Burggrauen weder einige Statt/Schloß/ausserhalb deß gewesnen Herrnhauß/ Marck/ Dorff/ Weyler / ausserhalb Werd vñ Buch/kein territorium, kein hohe oder nidere Obrigkeit ɾc. nie gehabt/ oder noch haben solten/ ist hievor in eingebrachter triplic ein anders/mit Beständigem grundt dargethan.

Wie dann sonderlich daß jr F. G. die Landsfürstliche vnd hohe fraißliche Obrigkeit/ die cohercio, Stewer/ Vertgott/ Ongelt/ vnd alles anders/ so dem mero & mixto imperio vnd Regalijs anhengig/ zustendig gewesen/ (darumb dann fürnemlich diß fals der stritt ist) die inuestitura Rudolphi klärlich mit den worten besaget: Daß Burggraue Friderich/als ein Vicarius perpetuus Imperatoris, mit dem iudicio provinciali, & omnibus Iudicijs in provincia Noribergensi sey beliehen worden.

Und ist ein lauter vngrundt/ wird auch vom Anwalden nicht gestanden/ daß Syndici Principaln amplissimam possessionem, der hohen vnd nidrigen Obrigkeit/ cum eorum pertinentijs, jemals gehabt haben/ vnd noch/ sondern/wie es vmb jhre thetliche eingriffe beschaffen/ dasselbe ist hiebevor/ sonderlich in triplicis, vberflüssig dargethan vnd aufgefürt/ dahin sich Anwaldt noch ziehen thut.

Anwaldt hat nirgends gesetzt: Quod enumerata in infeudatione Rudolphi non respiciant iurisdictionem, neq; merum & mixt.

& mixtum Imperium. Sondern das hat er gesetzt / Quod per enumerationem specierum factam in investitura regis Rudolphi, genus præcedens, nempe illud verbum, Omne iudicium. Item, iudicium provinciale in Nürnberg / nicht könne restringiret / noch darauß inferiret werde / das in König Rudolphs Lehenbrieffe etliche stücke specificiret, als solten sich die Gericht der Nürnbergischen Proninn fertner nicht / dañ nur alleine zu den specificirten stücken erstrecken.

Vnd wiewol an disem nicht vil gelegen / ob Anwaldens gñedige Herrn / hochlöbliche progenitores vnd Vorfarn / vom König Rudolph mit dem Burggrafthumb zum ersten beliehen worden / Oder aber ob jr F. G. es bereit zuuor jnne gehabt / daß derwegen Anwalt dermassen fräuels vnd vnuerschemenheit mit keinem fug hette beschuldiget werden sollen noch mögen / inmassen Syndicus zur vnbilligkeit thut.

So besaget doch die investitura Rudolphi mit hellen klaren worten / daß Burggraff Friderichs progenitores vnnd Vorfahrn / das Burggrafthumb allbereit ante tempora Rudolphi innegehabt haben.

Vnd ob nu gleich in super additionalibus, in causa das Lazareth gebew bey Nürnberg betreffendt / so Anno ꝛc. 39. an disem Keyserlichen Cammergericht einkommen / gesetzt / so were doch darinn verstossen / vnd als solcher belehnung außdrücklich zu wider / expressus error, vt patet ibi castrum, quod tenet ibidem, daß er allbereit jnne hat / ante illam infeudationem: Item, ibi cum reliquis feudis quę idem & sui progenitores à nostris antecessoribus antè habuisse dignoscuntur, Ergo non est prima infeudatio.

Ob man nun gleich keinen Burggrauen nambhafftig gemacht / der ante Rudolphum das Officium & dignitatem Burggravij gehabt hette / so ist doch solchs von vnnöten gewest / weil die verba in investitura Rudolphi lauter vnnd klar / das Burggraf Friderichs progenitores vnd Voreltern das dominium & possesionem der Fürstlichen vnd fraischlichen Obrigkeit / sive meri & mixti Imperij, omniumq; regalium in der ganzen Nürnbergischen Proninn / territorio & districtu gehabt haben.

Die

Die Consequentia titulo feudali concessimus, Ergo omnis iurisdictio, omniaq́ Regalia sunt concessa, & quidem non cumulatiuè, sed priuatiuè, welche Anwaldt in triplicis gemacht/bleibet Syndici vnergründten widersechtens vngeachtet/nochmals feste stehen.

Dann weil die wortte titulo feudali concessimus, absq́ omni dubio, ad omnia præcedentia referiret werden müssen/in massen Syndicus selbst gestanden/vnd gestehn hat müssen/ So folget vnuerneinlich/daß König Rudolph Burggrauen Friderichen die Ober vnd Vidergerichte/auch die Regalien in der gantzen Udrnbergischen proving/territorio vñ districtu concediret habe/ Et quidem respectu suæ Regiæ Maiestatis non cumulatiuè, sed priuatiuè, cum concessio iurisdiction̄is, meri & mixti imperij. Item, Regalium facta per contractum feudi,& cum signo vniuersali,respectu concedentis intelligatur facta,non cumulatiuè, sed priuatiuè, wie in triplicis mit mehrem dargethan/ vnd aufgefüret.

Vnd gestehet Anwaldt nicht/daß die concessio iurisdictionis, einiger oder ander gestalt / denn nur auff die Udrnbergische Proving/ vnd auff derselben gantz territorium vnd districtum restringiret sey.

Es nimt aber Anwald hiemit für gerichtlich bekant an/ daß Syndicus die consequentia selbst gestehet/nemlich/Burggrauñ sunt inuestiti cum omni Iurisdictione, mero & mixto imperio, omnibusq́ regaliis, in der Udrnbergischen proving/ Ergo hat weder der Key. Mt. noch dem Rath zu Udrnberg gezimet noch gebüret/sich in der Udrnbergischen proving/territorio vñ districtu,einiger iurisdiction oder regalien anzumassen.

Dann daß Anwaldt das antecedens nicht solte bewisen haben/solches ist ein lauter vngrundt/Vnd wenn Syndicus nicht so gar cœcus,wie er dessen Anwalden mit vnfug beschuldiget/würde er die wortte in inuestitura Rudolphi: vicarius perpetuus Imperatoris, in provincia Noribergensi. Item, omne iudicium iudicans præsidebit, wol gesehen haben.

Dann eben daselbst ist das antecedens mehr dann vberflüssig erwisen/nemlich/daß die Burggrauë mit dem dominio

der

der Fürstlichen vnd fraischlichen Obrigkeit/ & sic meri & mixti imperij, omniumq; regalium in der gantzen Nürnbergischen Prouintz / territorio vnd districtu sein Beliben worden/ ist derwegen das antecedens keines weges destruiret, sondern bleibet non obstante impudenti inficiatione Syndici, nochmals vnabgelehnet.

Vnd weil dann nun Syndicus das consequens selbst gestehet/ vnd das antecedens mehr dann nottürfftig vberwisen / als muß Syndici eignen Bekenntnuß nach vnuerneinlich folgen / daß ihre Mt. schuldig vnd pflichtig gewest /'solches stett vnd fest zuhalten/ vnd nicht macht gehabt / etwas darwider zuthon.

Ferner/ weil Syndicus mit nicht verantworten selbst gestanden/ vnnd gestehen hat müssen/ daß die Briefe/ so von dem Rath zu Nürnberg sein produciret / alle sambtlich vil jünger dann die Investitura Rudolphi, welches dann hiemit für gerichtlich bekannt angenommen wird/als folget auf disem vnd vorberürtem Syndici eignem Bekenntnuß/ das alle dieselben deß Raths zu Nürnberg briefliche Vrkunden propter defectum potestatis & voluntatis ipso iure nichtig/vnd Anwaldens gnedigen Herren nicht schädlich noch nachtheilig sein können.

Vnd ist dasselbe gewißlich ein fester Besen/vnd harter bacculus, damit alle deß Syndici vermeinte Behelff gäntzlich zu grunde vnd boden geschlagen / vnnd weg gereumet werden / das also dem Syndico seine närrische Schulpöfichen/ Bacculus stat in angulo vnd das Terentianum, sanè me hercule, ihme dieses falles nichts fürträglich sein können / Sondern mag dieselben an andere gebürliche örter sparen/ dann an disem löblichen Cammergerichte/wöllen sie nicht anders/dann nur deß Syndici vnglimpff würcken / als der nichts beständiges hat/ vnnd muß sich derwegen mit solchen schlimmen ineptijs flicken/welches dann auff Anwalds theil ein sehr gut zeichen ist.

Was Anwald bey der aurea bulla Rudolphi in triplicis gesetzt/ist vom Syndico eben so wenig wie die Investitura abgelehnet worden.

Derwegen

Derwegen wil man dasselbe / als vom Syndico selbst gestanden / wie es dann auch mit dem geringsten nicht hat widerleget werden können / hiemit auch für gerichtlich bekant angenommen/ vnd E.F.G. vnd derselben hochverstendige Beysitzer/ zuerwegen geBeten haben.

Vnd kan Anwald leichtlich glauben/ daß Syndicus die fundamenta, so Anwaldt in triplicis angezogen / gantz gerne würde widerleget haben/ da er nur gewüst vnd gekündt hette/ die facultas ist aber nicht da gewesen / darumb weiß jhme Anwaldt seines nicht widerlegens gar keinen danck.

Vnd da es je nur persuasiones, vnd Sophisticæ argutiæ, so ad ostentationem magis quam ad rem eingeführet. Item crassa absurda, & impertinentia weren/ wie Syndicus mit vngrund/ nur zur Beschönung seiner Bösen sachen hat fürgeben dürffen/ so hette doch Syndico vmb so vil desto mehr gebüret, dasselbe abzulehnen.

Aber es sein alles solida vera & inconvincibilia fundamenta, tam facti quàm iuris, dawider Syndicus nicht das geringste fürzuBringen gewüsst/ denn daß Syndicus fürgibet/ der Haubtinhalt sey zuuor mit vberfluß abgelehnet / solches ist ein lauter vngrundt/ Wie sich deß Anwald auff seine triplicam nochmals wil gezogen haben.

Vber König Albrechts LehenBriefe/ ist Syndicus sein stillschweigend hergestrichen / weil daselbst eben so wol/ wie in investitura & aurea bulla Rudolphi, auch außdrücklich vermeldet wirdt/ daß den Burggrauen nicht alleine die Landesfürstliche vnd fraischliche Obrigkeit/ ausserhalb der Statt/ im gantzen Burggrafthumb der Nürnbergischen provintz/ sondern auch zum theil in der Stat/ vnterschiedlich sein concediret worden. Vnd wil derwegen Anwald solches/ als vom Syndico selbst gestanden / wie ers dann hat gestehen müssen / gleiches falles hiemit für gerichtlich Bekannt angenommen haben.

Aurea Bulla. Also auch ist dasjenige / was Anwaldt Bey der aurea Bulla Caroli Quarti in triplicis deduciret, vom Syndico mit dem

ben geringsten nicht abgelehnet worden/ vnd sey jhme dar
zu trotz gebotten.

Vnd ob wol Syndicus fürgibet/ als solten dieselben
magis ridenda quàm refellenda sein/ so erscheinet doch hierauß
seine grosse vnuerschemenheit/ qui, ne videretur tacere, ausus
fuit tales ineptias & vanitates allegare.

Dann die propositiones bleiben alle vnwiderspechlich
war/ Burggravij fuerunt ab antiquo tempore illustribus principibus parificati, Ergò haben sie so wol als andere Fürsten/ regalia, merum & mixtum imperium gehabt.

Item, Burggrauiatus est nobile membrum imperij, Ergò alle weg ein territorium, merum & mixtum imperium.

Item, spectabilis Fridericus, & qui illustrium principum iuribus potiri debeat, Ergò in der gantzen Nürnbergischen provintz sich der Fürstlichen vnd fraischlichen Obrigkeit/ vnd
aller andern Regalien zugebrauchen.

Item, illustres, Ergò mögen sie sich der fraischlichen vnd
aller Fürstlichen Obrigkeit/vnd aller Fürstlichen Hoheit gebrauchen.

Item, animo deliberato concessa, Ergò ad utilitatem publicam?

Item, data potestas cum alijs principibus diffiniendi, sive cor-
pus respiciant sive honorem, Ergo Fürsten gewesen/ vnd jnen
die fraischliche Obrigkeit in der Nürnbergischen provintz zustendig.

Item/ daß inn derselben Bulla, dem Burggrauen eben
dieselben Freyheiten gegeben/ gegen Rittern/ Lehenleuten/
Hauptleuten/ Burgern vnd Bawren/ wie andere Fürsten
zugebrauchen/ Ergo haben die Burggrauen/ ehe sie Marggrauen worden/ solche Leute/ als Ritter/Lehenleute/Flecke/
Dörffer/ Land/ vnd ein territorium gehabt.

Item, Carolus Quartus concediret Mineralia, Ergò seind sie
nicht allein Fürsten deß Reichs gewesen/ sondern auch gröss-
sere vnd mehrere Freyheiten gehabt/ dann andere Fürsten
deß Reichs.

D                    Item,

Item, in aurea Bulla findet sich die derogatoria, Ergo, was vor oder nach derselben Bulla von denen von Nürnberg impetriret, ist nichtig vnd krafftlos.

Item, propter clausulam de plenitudine potestatis & supplentes, Ergo omnia der von Nürnberg impetrata tanquam lege resistente, sein nichtig vnd krafftlos/ vnd daß demnach das Burggrafthumb ein Fürstenthumb/ vnd alle Fürstliche vn̄ fraischliche Obrigkeit vnd alle Regalia habe.

Denn daß die Burggrauen ante Carolum Quartum nur sollten Comites oder Barones gewesen/vnd erst durch Carolum Quartum zu Fürsten creirt worden sein/solches wird mit dem geringsten nicht gestanden / Sondern ir F. G. sein lange zuvor/ vnd sonderlich vom König Rudolpho/ zu perpetuis vicarijs Imperatorum im gantzen Burggrafthumb der Nürnbergischen prouintz creiret, vnd mit allen Gerichten / in prouincia Noribergensi Beliehen worden / welches dann ein territorium vnd die Landsfürstliche vnd hohe fraischliche Obrigkeit in sich begreifft / inmassen hiebevor in triplicis, vnd oben mit mehrem dargethan vnd aufgefürt.

Wie dann dises vmb souil desto mehr vnlaugbar / weil ultra inuestituram & auream Bullam Rudolphi, in qua dicitur, quod Burggrauñ tanquam vicarij perpetui Imperatorum, omne iudicium iudicantes in prouincia Noribergensi præsidere debeant, in bulla Caroli Quarti, mit hellen klaren worten gesagt wird. Quod Burggraviatus Noribergensis sacri imperij nobile membrum existat. Et quod Burggrauñ ab antiquo tempore illustribus principibus sint parificati. Item, quod Burggrauñ illustrium principum Romani imperij iuribus, dignitatibus, libertatibus, & honoribus gaudere & potiri debeant.

Item/ weil inn der fünff Churfürsten confirmationibus, vber mehr berührte bullam Caroli Quarti gleicher gestallt mit hellen klaren worten gesetzt wird/ daß die Burggrauen / von wegen deß Burggrafthumbs / vnd der Herrschafft zu Nürnberg / Fürsten deß Reichs seyen / so muß je auß solchem vnuerneinlich folgen / daß zu dem Burggrafthumb Nürnberg / je vnd allwegen ein
territorium

territorium, auch Land vnd Leut gehört haben/ vnd daß dem Burggrauen/ gleich andern Fürsten deß Reichs/ in derselben jrer F. G. territorio vnd Burggrafthumb der Nürnbergischen prouintz/ merum & mixtum imperium, auch alle Regalia zuständig geweßt sein.

Nun sehe Syndicus zu/ mit was vngrundt er habe setzen dörffen/ als solte die Fürstliche Creatio, mehrers nicht mit bringen/ dann ein persönliche dignität vnd Freyheit.

Vnd ist es ein sehr schlimme illatio, welche Syndicus macht/ nemlich/ es werden vil Fürsten geboren/ die one Land vnd Leute/ vnd doch Fürsten sein vnd bleiben/ Ergo ob gleich die Burggrauen Fürsten / so haben sie doch kein territorium, Dann es stehet je außdrücklich in inuestitura & aurea bulla Rudolphi.

Item, in inuestitura Alberti, daß sie mit dem perpetuo vicariatu Imperatorum.

Item, mit allen Gerichten in prouincia Noribergensi sein beliehen worden.

Item, in aurea bulla Caroli Quarti stehet: Quod Burggraviatus Noribergensis sacri Romani Imperij nobile membrum existat, & quod Burggrauij illustrium principum Romani Imperij iuribus, dignitatibus, libertatibus & honoribus gaudere & potiri debeant.

Item/ daß allen der Burggrauen Rittern / Lehenleuten/ Haubtleuten/ Richtern/ Burgern vnd Bawrn / eben dieselbe Befreyhung gegeben / welcher sich anderer deß heyligen Röm. Reichs Fürsten/ Vnterthanen / vnd Leute zugebrauchen/ daß auch jr F. G. Ritter/ Lehenleute/ Haubtleute/ Richter/ Burger/ Bawrn vnd Diener / vor niemand anders/ dann alleine für jr F. G. conueniret vnd besprochen werden sollen.

Ferner stehet in aurea bulla Caroli Quarti, daß den Burggrauen auri, argenti, cupri, ferri, plumbi, stanni, atq; reliquorum metallorum fodinæ & mineræ sein concediret.

Darauß bañ vnter anderm folget / daß die Burggrauē zu Nürnberg/ auch ehe vñ zuuor dieselbē Marggrauen geworden/
               D ij             Ritter/

Ritter/Lehenleute/Burger/Bawrn/Grätte/Flecken/Dörffer/ auch Land vnd Leute/ vnter sich gehabt/ vnd daß also das Burggrafthumb ein territorium gehabt.

Item/ es folget hierauff / weil zu derselben zeit kein Fürste deß Reichs/ ausserhalb der Churfürsten / sich derselben gerechtigkeit anzumassen gehabt/ daß die Burggrauen von Nürnberg/ nicht alleine Fürsten deß Reichs gewesen/ sondern auch grössere/ vnd mehr Freyheiten gehabt/ als andere Fürsten deß Reichs.

Vber das/ so asseriren vnd bezeugen alle Churfürsten in jren Confirmationibus vber die Bullam Caroli Quarti, daß die Burggrauen/ von wegen deß Burggrafthumbs vnd der Herrschafft zu Nürnberg / Fürsten deß Reichs sein / vnd ab antiquo gewesen / Nam relatum est in referente, & confirmatum in confirmante.

Vnd ob gleich in Marggraf Friderichs Churfürsten verkauffbriefe vber die Burg / das Burggrafthumb eine Herrschafft/ vnd nicht ein Fürstenthumb genannt wirdt/ so folget doch darauß nicht / daß das Burggrafthumb kein Fürstenthumb sey/ vnd daß die Burggrauen keine Landsfürstliche vnd hohe fraischliche Obrigkeit haben solten/ Wie dann auch keines wegs folget/ Marggraf Friderich hat sich im verkaufbriefe keinen Churfürsten/sondern nur deß Reichs Ertz Cammerer genant/ Ergò ist seine F. G. kein Churfürst gewesen.

Die Inuestitura Rudolphi besaget klärlich / daß die Burggrauen mit dem perpetuo vicariatu Imperij & omnibus iudicijs in provincia Noribergensi sein Belieben/ Ecce ibi est das Fürstenthumb.

Carolus Quartus sagt: Quod Burggrauiatus Noribengensis nobile membrum Imperij Romani existat, & quod Burggravij illustrium principum Romani Imperij iuribus, dignitatibus, libertatibus & favoribus gaudere & potiri debeant.

Item/

Item/ daß allen der Burggraven/ Rittern/ Lehenleu-
ten/ Hauptleuten/ Richtern/ Burgern vnd Baurn/ eben dieselbe Befreyhung gegeben/ welcher sich andere deß heyligen
Römischen Reichs Fürsten/ Vnterthanen vnd Leute zuge-
brauchen/ daß auch jr F. G. Ritter/ Lehenleute/ Hauptleute/
Richter/ Burger/ Baurn vnd Diener/ für niemands anders/
dann nur alleine für jr F. G. conveniret, vnd besprochen werden sollen/ wie biß nechst oben auch gemeldet.

So weiß man auch wol/ quod Baroniæ appellatio sit generalis, compræhendens etiam Marchionatum, Ducatum & Co-
mitatum, ut expresse tradit M. de afflict: c. 1. in pr. nu: 1. & 2. de
his qui feud: dar. pols: Wie dañ kein zweyfel an deme/ Quod
Barones præsertim Germaniæ regalem dignitatem obtineant
prout in specie tradit Bald: c. innotuit: nu: 18. ext: de Electio:
Frider: Schenck c. 1. quis dicatur Dux, ubi ipse atteſtatur eandem
opinionem amplecti Alvarot. Atq; idem tenet Iacob de S.
Georg. in tract: feudali, in princip. vers: quid si Rex. nu: 10. Et
idem est de mente Ludo: Geza: cons. 8. nu. 45. Atq; hoc potissimum absq; omni dubio procedit in Baronibus Germaniæ. Nanque secundum receptam consuetudinem totius Germaniæ, Barones Comitibus æquiparantur, prout hoc tradit Zas: in tract,
feud. 5. par. nu. 39. & Frider: Schenck. in tract. feudali in tit.
quis dicatur, Dux, col. penult:

**Gleicher** gestalt ist alles vnd jedes/ was Anwaldt inn Confirma-
den Confirmationibus bey König Ruprechts vnd Sigismundi tiones.
Belehnung vnd Confirmation, Item/ bey Keyser Friderichs/
Maximiliani/ vnd Caroli Quinti confirmation in triplicis de-
duciret/ vom Syndico mit dem geringsten nicht widerleget
worden / Sondern Syndicus hat dasselbe durchauß mit
nicht verantworten selbst gestanden/ vnd gestehn müssen/
Derwegen will Anwaldt solches alles/ als vom gegentheil
selbst gestanden/ für bekant angenommen/ vnd anhero repetirt haben.

Daß aber Syndicus contra vim clausulæ cassativæ, (so
den mehrern theils inveſtituris & Confirmationibus inserirt,
vnd in triplicis ſtattlich erklert worden) fürgeben darff/ Imperatorem non præsumi voluisse priuare Noribergenses habentes
D iij  iustum

iustum titulum, de quibus nulla est habita mentio. Darwider
sagt Anwaldt / Er gestehe dem Rath zu Nürnberg weder
Tittel noch posseß / an der Landsfürstlichen vnd fraischlichen Obrigkeit im Burggrafthumb der Nürnbergischen
prouintz.

Dann es ist hiebeuor in triplicis vnd oben stattlich dargethan vnd außgefürt/in massen dann auch Syndicus selbst
gestanden/ vnd gestehen hat müssen / daß die possesio iurisdictionis absq; titulo nicht könne acquirirt werden / vnd daß die
Briefe/ so von dem Rath zu Nürnberg producirret, allesambt-
lich vil jünger / dann die inuestitura Rudolphi. Wo bleibet
dann nun der von Nürnberg vermeinter angezogener Tittel
vnd posseß.

Vnd seind wir allhier nicht in casu dubio, ubi possit esse
locus præsumptioni, sondern wir seind in casu claro & manife-
sto, da die Key. Mt. außdrucklich gemelt/daß der von Nürnberg thätliche eingriffe jnen nichts fürtreglich sein/noch dem
Burggrauen zu nachtheil gereichen solten. Darumb hette
der Syndicus die allegata wol mögen daheimen behalten/
denn es reymet sich nicht alleine hieher gar nichts / sondern
ist vil mehr jme selber zuwider.

Es hat Syndicus oben gesetzt / er getröste sich vnter-
thenigklich / jetzt klagender löblicher Fürst werde sich dess-
wegen / was er inn seinen Conclusionibus fürbracht / nicht
annemen / Aber sihe was geschicht/ oben folio 8. haißt er das
Burggrafthumb das Marggrafthumb / nur zur veracht
vnd verkleinerung desselben. Allhier mihi folio 15. setzet er/
die Burggrauen haben sich deß Fürstlichen tittels in Fran-
cken angemaßt.

Hernacher mihi fol. 17. nennet er die Burggrauen zu
Nürnberg/ die zöllerischen Burggrauen.

Item/ er setzt/das Burggrafthumb sey nur ein ehrlich/
von Key. Mt. gewirdiget ambt.

Das muß mir je ein elender vnuerschämbter Mensch
sein / der souil trefliche / Königliche vnd Keyserliche investituras, aureas Bullas, Confirmationes vnd Priuilegia gesehen
vnd

vnd gelesen / darinnen die Burggrauen mit der Landsfürst‐
lichen vnd fraischlichen Obrigkeit / im gantzen Burggraf‐
thumb der Nürnbergischen prouintz beliehen worden / vnd
doch so vermessen sein darff/nicht alleine iura notissima zuuer‐
neinen/sondern auch Anwalds gnedigen Herrn Principalen/
vnd allen Marggrauen zu Brandenburg zuzumessen/ als
solten sich jr F. G. deß Fürstlichen Tittels / von wegen deß
Burggrafthumbs, zu Nürnberg / nur de facto vnd fälschlich
anmassen / welches dann nicht ein geringe iniuria, vnd An‐
walds gnedige Herrn geböhrlich zu effern/hiemit zu gemüth
gezogen haben will.

Was das Ampt Schwabach betrifft / ob gleich im Schwa‐
kauffbriefe kein Halßgerichte gemeldet ist/ so stehet doch/ daß bach.
es die Burggrauen mit allen Gerichten/ Würden vnd Frey‐
heiten erkaufft haben / Darauf dann necessario folget / daß
den Burggrauen zu Nürnberg im gantzen Ambt Schwa‐
bach / vnd in allen vnd jeden Dörffern / so in demselben gele‐
gen / vnd vnter andern in denselben / so im klagLibell nam‐
kündig gemacht / die Fürstliche vnd fraischliche Obrigkeit
sambt allen Regalien zustendig sein.

Beklagter Aduocat behelt seinen gebrauch/ daß er für Lehen.
vnd für caluminiret / vnd faule Vische zu Marckt bringet/
Denn bey den Lehen macht er ein groß vergeblich geschwe‐
tze / Erstlich / als solten keine Burger zu Nürnberg / ab
initio jhrer inuestitura, je ein Lehen von den Burggrauen zu
Nürnberg empfangen haben / da doch Anwalds G. H. Pr.
mit dem Rath zu Nürnberg deßhalben nicht strittig / ob die
Burger allbereit in zeit der Rudolphischen inuestitur / vnd
alsbald hernacher / oder aber erst nach hundert Jaren / die
Lehen von den Burggrauen zu Nürnberg empfangen haben.

Gleichwol hat Syndicus die in triplicis angezogene
reuers/mit G G G. signirt/nicht läugnen können/in welchen
dann außdrücklich zubefinden/daß Raths Personen vnd an‐
dere Burger zu Nürnberg/ von den Burggrauen lange Jar
zuuor / ehe dieselben Marggrauen geworden/ vil Lehenstü‐
cke empfangen / vnd reuers gegeben / darinnen sie jre F. G.
Hochgeborne Fürsten genannt / vnd also jr F. G. für Für‐
sten deß Reichs erkennet haben.

D iiij      Vnd

Vnd ob gleich dieselben reuers/ etliche Jar nach der Investitura Rudolphi tadiret, so seind sie doch vil Jar älter/ denn wie die Burggrauen/ Marggrauen geworden.

Darnach weil Syndicus nicht soluiren kan/ kompt er auff seine lesterung/ vnd schmehet klagenden Anwalden vnd Advocaten/ schildt sie für vnerbare Leute/ die sich mit Bettelwerck behelffen/ da doch klagende Advocaten/ (ohne rhum zumelden) sich in vilen hohen vnd wichtigen sachen gebrauchen lassen/ da jn anders nichts/ dañ redligkeit nachzusagen/ Aber solcher calumnien vnd mendacien, wie gegentheil fürbringet/ sich niemals vnterstanden.

Wäld. Klagender Anwald hat in seinen triplicis mit bestendiger warheit/ tam facti quam iuris dargethan vnd aufgefüret/ daß seiner G. Herrn Principaln grund vnd intent der angestellten klage/ auch mit verkauffbriefe vber die Wälde/ vilfeltig erwiesen worden.

Dann weil zu Rechte außdrücklich versehen/ quod ad hoc ut intelligi possit, quid in contractu aliquo venerit, vel in contractum aliquem deductum sit, diligenter intuenda & inspicienda sint verba ipsius contractus, atq̃ à tenore contractus & terminis verborum ipsius non sit recedendum, wie in triplicis per multas verissimas allegationes, vnd darauff Syndicus nicht das geringste zu antworten gewüst/ mit mehrern probieret.

Vnd weil nun demselben verkauffbriefe/ mit vnd neben den Wälden/ dem Rath zu Nürnberg ausserhalb der Statt das Forstgerichte/ vnd innerhalb der Statt das dritte theil deß Schultzenampts vnd gerichts/ auch 10. pfund Pfennige järliche gülte/ auff den dritten theil deß Schultzenampts allein verkaufft.

So folget je vnuerneinlich/ daß die hohe fraischliche Obrigkeit/ vnd andere gerichte ausserhalb der Statt/ dem Rathe zu Nürnberg nicht verkaufft/ sondern auch nach dem Kauffe/ bey den Marggrauen zu Brandenburg/ als Burggrauen zu Nürnberg geblieben sein/ wie sich deß Anwald auf seine triplicas, da es vberflüssig deduciret, nochmals gezogen haben will.

Vnd

23

Vnd thut hierwider nichts die universalis clausula, Dañ es folget stracks in continenti auff die uniuersalem, auch dise clausul (die zu demselben Walde vnd den vorgenanten Gütern gehören) welche dictio die est relatiua, atq̃ æquipollet dictioni, qui vel quæ ideoq̃ succedit vulgata iuris theorica, quod dictionis qui vel quæ ea natura sit, ut posita absq̃ copula præcedentem dispositionem restringat.

Auß welchem dann folget / daß die vorgehende verba universalia, durch die nachfolgende clausulam, der gestalt restringiret werden / daß sie alleine von den pertinentijs sylvæ gedeutet vnd verstanden/ Vnd derntwegen mit nichte zu der fraischlichen Obrigkeit / so nicht ein pertinens deß Waldes/ sondern deß Burggrafthumbs ist / extendiret werden möge.

Vnd nimbt klagender Anwaldt für gerichtlich bekant an / daß Syndicus selbst gestehet / Vendita sylua non videri venditam iurisdictionem.

Dann weil die hohe Landsfürstliche vnd fraischliche Obrigkeit/ vñ andere Regalien / ausserhalb der Stat Nürnberg / nicht der Wälde accessorium sein / noch zu den Wälden/ sondern zu dem Burggrafthumb gehören / tanq̃ species sive pars per se distincta.

Vnd aber der Kauffbrief vber die Wälde klärlich vermag / daß die Burggrauen dem Rathe zu Nürnberg alleine zwene Wäld / tanq̃ res particulares verkaufft.

So muß auß vorberürten deß Syndici eygenem bekentnuß vnuerneinlich folgen / daß die hohe Fürstliche vnd fraischliche Obrigkeit ausserhalb der Statt / dem Rathe zu Nürnberg nicht verkaufft / sondern auch nach dem Kauff/ der Marggrauen zu Brandenburg / als Burggrauen zu Nürnberg geblieben sey.

Dann daß Syndicus hie wider fürgeben darff/als solten die Wälde in nullo seculo der Burggrauen gewesen sein/ sondern alleine etliche geringe particularia iura, die sie dem Rath verkaufft haben.

Item/

Item/ die Wälde weern lenger dann vor zweyhundert Jaren/ einem Erbarn Rath vnd gemeiner Statt Nürnberg/ von den Römischen Keysern frey zugestellt vnd zugeeygnet worden/ solches ist ein lauter erdichtet vngrundt.

Dann es ist in triplicis stattlich dargethan/ vnd aufgeführet/ daß die Wälde vor dem Kauff den Marggrauen/ als Burggrauen zu Nürnberg/ eygenthümblich zugestanden sein/ vnd nicht alleine etliche gerechtigkeiten. Vnd ob wol die wort dabey stehen/ all vnser Recht/ so stehet doch auch dabey/ all vnser Recht/ was zu den Wälden gehöret/ nichts außgenommen/ denn alleine die Wildpän/ ꝛc.

Gleicher gestalt ist es ein lauter erdichter vngrundt/ daß Syndicus fürgeben darff/ als solte dem Rath zu Nürnberg vor der zeit/ ehe sie die Wälde von Marggraf Friderichen Churfürsten erkaufft/ die Malefitz/ straffe der verbrechung/ so sich an vnd auff dem Wälde zugetragen/ gegeben vnd befolhen sein.

Dann ob wol Syndicus deßhalben hieBevor Keiserliche vnd Königliche Concessiones angezogen/ dadurch die Wälde einem Erbarn Rathe vor vilen Jarn zugeeygenet sein sollen/ so findet man doch bey den actis nicht Keyserliche Concessiones, sondern nur mandata temporalia & personalia, was sie von deß Reichs wegen thun sollen/ bey den Wälden/ vnd nicht iure proprio propter defectum iustitiæ, weil die Burggrauen die Wälde verwüsten lassen/ vnd die strassen nicht Beschirmen/ wie sie billich thun sollen/ dasselbe findet man/ Es ist aber alles propter cessantem causam widerumb erloschen/ vnd vber das außdrücklich cassiret.

Dann die causa finalis derselben befehlich/ ist vorlangst erloschē/ weil die Marggrauen zu Brandenburg/ als Burggrauen zu Nürnberg/ jetzo die strassen vmb Nürnberg vnd in der gantzen Nürnbergischen prouintz/ territorio vnd districtu, selbst wol defendirn, schützen vnd befridigen können/ auch derntwegen keinen fleiß sprechen noch erwinden lassen.

Inmassen in triplicis mit mehrm dargethan vnd auf geführet/

geführet/ da denn auch ein warhafftiger Beständiger Bericht/
vnd aufführung geschehen/ wie es mit dem Forst vnd zeidelgericht auff den Wälden eine gelegenheit habe/ daß derwegen one noth solches anhero zu repetirn.

**Weiter** bittet klagender Anwaldt Æ.F.G. vnd derselben Hochverstendige Beysitzer/ in gnedige vnd gute acht zu-
nemen/ daß Syndicus vber all das jenige/ so Anwaldt inn
seinen triplicis in confirmationibus bey dem Kauffbriefe vber
die Burg/ mit beständiger warheit tam facti quam iuris deduciret, fein seuberlich vnd stillschweigendt neben schleicht/ Vñ
nimbt demnach Anwaldt solches alles/ als vom Syndico
selbst gestanden/ hiemit für gerichtlich bekant an.

In sonderheit aber nimbt Anwaldt für gerichtlich bekant an/ daß in dem Kauffbriefe vber die Burg/ das Landgerichte deß Burggrafthumbs zu Nürnberg/ vnd also die
Gerichte ausserhalb der Statt auffm Lande/ außdrücklichen excipiret, vnd den Marggrauen reserviret worden.

Dann es stehen dise wort außdrücklich: **Vnd ander
vnsers Burggräfthumbs Herrligkeit vnd Güter/
die vnsere Vorfahren/ vnd wir jnen in disen vnd andern briefen/ nicht verkaufft vnd vbergeben haben.**

Was Anwaldt sub rubrica, Herrn Dietrichs von Har- *Herr Die-*
ras Ritters vertrag/ zu bestettigung seines gnedigen Herrn *trich von*
grundt/ vnd intents der vbergebenen klage in triplicis dedu- *Harras*
ciret, dasselbe ist gleicher gestalt vom Syndico mit dem ge- *vertrag.*
ringsten nicht widerleget worden.

Dann es wirdt je in jetzberürten vertrage/ welchen
ein Rath zu Nürnberg/ so wol als die Burggrauen stets be-
libet/ ratificiret/ vnd selbst in diser Rechtfertigung mit addu-
ciret (in §. Nemlich/ daß der obgenante mein gnediger Herr)
außdrücklich vermeldet: Ob wol die Burggrauen vnd jhre
LandRichter/ vber Leute vnd Gut in der Statt Nürnberg
nicht richten sollen/ daß doch alles/ so ausserhalb der Statt
Nürnberg (wie die mit der Stattmaur vnd Graben vmbfangen) im Landgerichte lige.

Vnd

Vnd ist es ein lauter erdichter vngrundt/daß Syndicus nochmals fürgeben darff/ als solte zu dem Burggrafthumb gar nichts gehören/ dann die zwey elende Dörflein/ Werth vnd Buch/ in inuestitura Rudolphi benannt/ vil weniger einige Obrigkeit/ da er doch in vorigen sätzen/ vnd sonderlich in triplicis Bey den Confirmationibus, da man die inuestituras, aureas Bullas, Priuilegia & Confirmationes imperatorum jme lauter vnder Augen gestellt/ klärlich vnd öffentlich ist vberwiesen/ vnd vberzeuget worden.

Daß sich wol zuuerwundern/wie Syndicus ein so elender vnd vnuerschämbter Mensch sein könne/ der so vil trefflicher Keyser Original vrkunden gesehen vnd gelesen/ darinnen die Burggrauen mit der Landsfürstlichen vnd fraischlichen Obrigkeit im gantzen Burggrafthumb der Nürnbergischen prouintz/ Bezirck/ territorio vnd districtu beliehen/ vnd doch so vermessen sein darff/ etiam manifestissima & notissima verneinen.

Gleicher gestalt ist es ein apertum mendacium, als solte das Landgerichte durch die vmbsessen/ abgetrieben sein. Dann ob wol ein zeitlang der Kriegsläuff halber/ wie etwa auch das Keyserliche Camergerichte vnd andere mehr Gerichte/ in rhu gestanden/ Ist doch durch Keyser Friderichen Anno zc. 88. Marggraf Friderichen vnd Marggraf Sigmunden/ ernstlich geschrieben vnd gebotten worden/ Nach deme das Landgerichte deß Burggrafthumbs zu Nürnberg/ so jr Mt. vnd deß heyligen Reichs/ vnd von jhrn Vorfahrn deß Röm. Reichs Keysern vnd Königen/ den Marggrauen zu Brandenburg vnd Burggrauen zu Nürnberg/ vnd jren Erben befolhen worden/ nun etliche jar her an jrer Mt. willen nider gedruckt/ vnd seiner übung in ruhe gestanden/ daß jr Mt. als Römischer Keyser nicht gemainet sey/ daß derhalben sie/ die Marggrauen/ als Erbliche Richter deß ermelten Landgerichts/ dasselbe hinwiderumb nach seinen Freyheiten auffrichten/ besitzen/ vnd inn übung bringen vnd halten sollen/ wie es ehemaln gewest/vñ sich nach außweysung Keyserlicher vnd Königlicher Befreyhung gebüret/mit fernerm jrer Mt. angehefft öffentlichem Mandat/

Mandat / vnd ernstlichem gebot / allen vnd jedlichen Churfürsten / Fürsten / Geistlichen vnd Weltlichen / Prelaten / Grauen / Freyherrn / Rittern vnd Knechten / ꝛc. vnd sonst allen andern jrer Mt. vnd deß Reichs Vnterthanen / jhrer Mt. Öhem vnd Fürsten von Brandenburg / ꝛc. vnd jrer Erben / an auffrichtung vnd gebrauchung jres Landgerichts nit zu jrren noch zuhindern / Sondern sie gerühlich dabey bleyben / vnd deß gebrauchen vnd niessen zulassen / vnd dawider in kein weiß zuthan / als lieb einem jedlichen sey / jrer Mt. vn̄ deß heyligen Reichs schwere straffe vnd vngenad / vnd verliesung einer peen / nemlich Tausent Marck lötigs Golds / zu vermeyden / ꝛc. Wie diß hieuor auch etliche mal erinnert / vn̄ in andern sätzen eingebracht worden.

Also ist es abermals die vnwarheit / daß Syndicus fürgeben will / als solte kein ander stand im gantzen Lande ausserhalb Nürnberg das Landgericht gewilligt haben / Dann nicht alleine Nürnberg / sondern vil andere Fürsten vnd Reichsstätte / als Bamberg / Eystatt / vnd andere. Item / Rottenburg / Windsheim / Augspurg / Vlm / Dinckelspühel / Schwäbischen Hall / Gmündt / Nördlingen / Memmingen / Thonawerdt / Gengen / Alen / Bopfingen / vnd andere mehr / durch vertrag auffgezogen / doch mit sonderer maß / da jnen durch die Obrigkeit Recht versagt / daß sie nochmals an dem Landgericht ansuchen mögen.

So hat auch ein Rath der Statt Nürnberg / nicht fridlicher Nachbarschafft halben / den vertrag gewilliget / sonder wie sie / Keyser Friderichs gebot vnd verbot vngeacht / sich folgends allerley eingriff / dem Landgerichte zu wider / vnterstanden / vnd beydes was für sachen ins Landgerichte gehörten / Item / wie weit sich das Landgerichte erstreckte / streittig machen wöllen / ist solcher punct halben / ein vertrag durch Herrn Dietrich von Harras Rittern / Anno 1496. auffgerichtet / darinnen lauter vnd öffentlich vermeldet / daß alles / so ausserhalb der Statt Nürnberg / ( wie die mit der Stattmawr vnd Graben jetzo vmbfangen ) liget / im Landgerichte lige / vnd berntwegen soll vnd muß die Statt Nürnberg / vnd jre Burger vnd Einwohner

wohner/ von wegen aller jrer Güter/ die sie ausserhalb der
Statt ligen haben/ vor dem Landgerichte gestehn.

Daſs das Syndicus abermals fürgibet/ es sey einem
jeden Landseſſen in sein frey wilkür gestellt/ am Landgerichte
oder der Statt/ oder Bawrngerichte zu Nürnberg in realibus zuklagen / Solches ist hiebevor in triplicis vberflüſsig
abgelehnet/ daſs derwegen weiters ablehnens von vnnöten.

Es ist von Anwalden in triplica mit beſtendiger warheit
angezogen/ vnd hat vom Syndico mit dem geringsten nicht
widerleget werden können/ daſs der Rath zu Nürnberg inn
der gepflogenen handlung zu Thonawerdt selbst auſdrucklich bekant vnd gestanden habe/ daſs die Statt Nürnberg
im Burggrafthumb gelegen.

Daſs dem Rath zu Nürnberg anders vnd weiters nit
verkaufft / denn das Forstgerichte / deſsen zeucht sich Anwaldt auff den verkauffbriefe / vnd was er bey denselben in
triplicis deduciret, da dañ Anwald auch alles abgelehnet/was
Syndicus diſes orts auf den verbis generalibus & universalibus deſſelben verkauffbriefes / inferirn vnd erzwingen hat
wöllen.

Vnd gestehet Anwaldt nicht/ daſs Forstrecht vnd Gerichte der Burggrauen totaliter, vel pleno iure zu keiner zeit
nie gewesen/ oder zugestanden sein solten/ sondern alleine nur
etliche particularia iura dauon/ die sie pfand vnd kauffsweise
von etlichen priuatis an sich bracht hetten/ Dann das contrarium ist in triplicis, dahin man sich nochmals thut referirn/
stattlich dargethan vnd erwiesen.

Gleicher gestalt ist in triplicis, dahin man sich nochmals
thut referiren/stattlich dargethan vnd aufgeführt. Obwol
die actiones personales in Herrn Dietrichs vertrag aufgenommen/ vnd dem Landgericht abgeschmitten/ so werden
doch appellatione actionum personalium keine peinliche sachen
comprehendiret noch verstanden.

Noh tam quod appellatione actionum personalium non comprœhenpræhenduntur accusationes criminales, quàm quod appellatione actionum personalium,non compræhenditur officium iudicis,quo tamen ut plurimum in criminalibus procedi solet per iura & authoritates in triplica allegatas, potissimum autem per textum L. pecunia §. actiones ff. de verb. signif. ubi actio sumitur ut species pro personali, & ut genus, ut compræhendatur etiam realis, sed de officio iudicis nullum verbum. Ideòq; improprie quia sub genere non compræhenditur L.actionis verba §.nec obstat ff. de act. & obligat. Quia illud verbum continetur ostendit esse ex interpretatione ut declarat Bart. in L. liberorum ff. de verb. signif.dd. in L. j. ff. de iurisd. omnium iud. & in terminis tradit Lud. Goeden cons. 108. nu. 14.

**Inmassen** dann Syndicus in seinen vermeinten conclusionibus, solches quod in criminalibus ut plurimum officio iudicis procedi soleat, quodq; appellatione actionum personalium non compræhendatur officium iudicis, **mit nicht verantwortet selbst gestanden/ vnd gestehen hat müssen / welches dann inn gegenwertigem falle / vnd souil desto mehr statt hat / weil deß von Harras verttrag/**contra ius commune,secundum quod princeps habet fundatam intentionem, quòd tota,omnis potestas & iurisdictio apud eum sit, ab eòq; in singulis totius principatus Ciuitatibus, Villis, Castris, & oppidis exerceri possit, per iura & authoritates in triplica allegatas, **Vñ es zu Rechte aufdrücklich versehen/** quod in quacunq; dispositione iuris comunia correctoria, appellatione actionis non compræhendatur officium iudicis. Prout in specie tradit Bart. in L. quintus ff. de auro & argento legato. Quod fratres minores, qui non possunt agere, possint tamen officium iudicis implorare. Arg. L. servus ff. de annuis legatis L. planè & L. fin. ff. de petit. hæred. facit L. 3. §. hæc vero ba ff. de negot. gestis L. j. §. si is qui navem ff. de exercit. actione.

**In sonderheit aber / hat dises in gegenwertigem falle statt:** Cum tractetur non de modico, sed magno præiudicio Burggraviorum.

**Was Anwaldt** in triplicis in confirmationibus **bey deß Schwäbischen Bundes decret mit vberfluß** deduciret, solches ist vom Syndico mit dem geringsten / weder inn seinen vorigen gesetzen/ noch in jetziger vermeinte conclusionschrift

E ij abge

abgelehnet/ Darumb will Anwaldt daſſelbe alles / als vom Syndico ſelbſt geſtanden / hiemit fůr gerichtlich bekant an genommen / vnd anhero repetirt haben.

**Geleit.** Deßgleichen iſt vom Syndico/ weder in ſeinen vori gen ſätzen/ noch in jetziger vermeinter concluſionſchrifft / mit dem geringſten nicht abgelehnet/ was Anwald deß Geleits halber in triplicis angezogen / Derhalben will Anwaldt das ſelbe nichts deſtoweniger / dann das vorige / als vom Syn dico ſelbſt geſtanden / hiemit fůr gerichtlich bekant ange nommen/ vnd anhero repetirt haben.

Daß aber Syndici vermeintlich producirten documentis erwieſen ſein ſolte / daß ein Rath vnd jr Schultheiſ/ vor dem Burggrauen die Glaits gerechtigkeit gehabt / vnd daß das ius zum Burggrafthumb nicht gehöre/ſolches iſt ein lau ter erdichter vngrundt.

Dann es iſt in triplicis , dahin ſich nochmals gezogen wirdt / mit vberfluß dargethan vnd aufgefůhrt / daß der Rath zu Nürnberg jr erſtes vnd älteſtes documentum, vom Keyſer Heinrich dem ſibenden / Anno 1313. vnd alſo 40. Jar hernacher / wie die Burggrauen allbereit / Anno 1273. mit dem Fürſtenthumb deß Burggrafthumbs ( welches wie alle andere Fůrſtenthumbe/auß verſehung der Rechte/ das Glait auch mit begreifft ) ſein belieben geweſen/ erlan get haben.

Weiter iſt in triplicis dargethan vnd aufgefůhrt / wie es dann auch Syndicus mit nicht verantworten / ſelbſt ge ſtanden/vnd geſtehn hat můſſen/daß alle der von Nürnberg vermeinte documenta nicht conceſsiones, ſondern nur ſchlech te mandata vnd befelch ſein / Vnd zu dem auch nur temporalia & perſonalia, dern cauſa finalis fůr langſt verloſchen/ inn be trachtung das die Burggrauen zu Nůrnberg/ jetzo die ſtraſ ſen vmb Nůrnberg/ vnd in der gantzen Nůrnbergiſchen pro vintz / territorio, vnd diſtrictu, ſelbſt wol defendirn / ſchützen vnd befridigen können/ auch daran vberal keinen fleiß ſpa ren noch erwinden laſſen.

So

So hat auch Syndicus gleichesfals gestehen müssen/ quod tota ciuilis iurisdictio sit apud principem, ab eoq; in singulis totius principatus, Ciuitatibus, Villis, Castris & oppidis, exerceri possit, adeo ut qui dicat se iurisdictionem aliquam habere, aliquo in loco, ciuitate vel Villa exercendam, id plene probare debeat, si velit obtinere, alioquin succumbet ex sola præsumptione iuris, quæ principi omnino suffragatur, quod omnis iurisdictio & districtus apud eum sit, per iura & authoritates in triplicis allegatas.

Ferner hat Syndicus gestehn müssen/ quod de iure comuni Ciuitatibus merum & mixtum imperium non competat.

Auß welchem allem dann/ Syndici eygenem bekantnuß nach/ vnuerneinlich folget/weil König Rudolph Burggraf Friderichen/ zum perpetuo vicario imperij im gantzen Burggrafthumb der Nürnbergischen prouintz/creiret, vnd mit allen Gerichten beliehen/ daß jr F. G. als bald inn derselben Belehnung mit aller Landsfürstlichen vnd hohen fraischlichen Obrigkeit/ im gantzen Burggrafthumb der Nürnbergischen prouintz/ vnd allen desselben zugehörenden Flecken vnd Dörffern sein beliehen worden.

Daß aber auß den auff deß Syndici theil producirten documenten zubefinden sein solte/ daß die Statt solcher gerechtigkeit ab antiquo, vnd ehe die Burggrauen in rerum naturam kommen/ à Cæsaribus priuilegirt geweßt/ solches ist ein lauter erdichter vngrundt/ wie man sich deß auff die triplicen gezogen haben will.

Vnd wird klagender Anwaldt vnd Advocat/ vom Syndico mit vnfug beschuldiget/ als wolten sie/ quicquid in buccam venit, setzen/ weil seinem fürgeben nach/ der Ampter Thann/ Schwabach/ Cadoltzburg vnd Bairsdorf halber kein streit. Dann das vil Flecken in diese Ampter gehörig/ streitig/ solches erscheinet bede auß dem vbergebnen Klag Libell volführtem beweiß/ vnd deß Syndici eygenen eingebrachtem sätzen.

Vnd ist auß solchem vil mehr zuuernemen/ daß beklagter

ter Advocat eben in dem straffwürdig / dessen er klagenden Advocaten / mit vnwarheit will beschuldigen.

**Castrum.** Daß aber Syndicus mit demselben / was Anwaldt von dem Castro in triplicis gesetzt / nemlich / Quod ad eum, ad quem Castrum aliquod pertinet, non tantum iurisdictio simplex, sed etiam merum & mixtum imperium, in omnibus locis, ad illud Castrum pertinentibus spectet, so ein groß fest macht / vnd darauff zu seinem vermeinten vortheil inferirn will / weil seine Principaln das Keyserliche Schloß innen haben / daß jhnen solche iura zuständig.

Hierauff sagt Anwaldt / er habe nicht geredt de illis castris, ad quæ nulla loca pertinent, sondern de huiusmodi castris, welche jre zubehörung / Dörffer vnd Flecken haben.

Vil weniger aber hat Anwaldt gesetzt / daß zu dem Schloß / welches die Burggrauen in der Statt Nürnberg gehabt / oder aber zu dem Keyserlichen Schloß / welches custodia jetzt dem Rath befolhen / etwas / vil weniger aber die Obrigkeit auffm Lande vmb Nürnberg / gehört habe / oder nochmals gehöre.

Sondern diß hat Anwaldt gesetzt / wann ein Castrum, Flecken / Dörffer / vnd andere örter auffm Lande / als ein zubehörung hat / (wie man das inn den Ämptern sihet) tunc ad illum, ad quem pertinet illud castrum, etiam pertinere iurisdictionem, merum & mixtum imperium, in omnibus locis, ad illud castrum pertinentibus.

Inmassen solches in triplcis stattlich bewehrt / vnd Syndicus selbst gestehen hat müssen / Da dann Anwaldt vnter andern dise verba formalia gesetzt: Quod concesso castro à principe, etiam intelligatur concessum territorium & iurisdictio Hoc procedit tantum quando territorium & iursidictio erant castro annexa, & erant sub dominio disponentis tempore concessionis, quemadmodum etiam expressè ita restringit, Bar. in L. j. §. cum autem col. 2. ff. de offic. præfect. vrb. Darauß wil abermals keines weges folgen / wie Syndicus à dicto secundum quid ad dictum simpliciter vermeintlich inferiret / daß weil seine Principaln daß Keyserliche Schloß / non iure proprio, sondern

dern schlechts/ als custodes zuſewaren/ innenhaben/ jhnen
iurisdictio, merum & mixtum imperium, im Burggrafthumb
der Nürnbergiſchen Prouintz/zuſtehe.

**Dann** es muß erſtlich vom Syndico.erwieſen wer
den/ daß die Obrigkeit auffm Lande vmb Nürnberg/ein
zugehörung deß Keyſerlichen Schloſſes were/ das iſt jme
aber zuerweyſen vnmüglich/ Sondern Keyſer vnd Könige
am Reich/ haben die fürſtliche vnd fraiſchliche Obrigkeit/
den Burggrauen per contractum feudi, & ſic priuatiue, non uà
tem cumulatiuè concediret.

**Die** Burggrauen haben auch dieſelben ſtets für vn für
in Beſitz gehabt. Quomodo ſatis patet ex inueſtitura Rudolphi
& Alberti, ibi tenuerunt & habuerunt. Item, ex inueſtitura Ruper-
ti, ibi, Bißher innen gehabt/ Beſeſſen vnd genoſſen/ quæ verba
poſſeſsioném importantia æquè determinant vicariatum perpetuũ
imperij & iudicium prouinciale in prouincia Noribergenſi, ut alia
feuda Burggrauiorum. Vnd lauten die folgenden Belehnun
gen/ alle ſambtlich auch dermaſſen.

**Vber** das/ iſt auch das Keyſerliche Schloß dem Rath
zu Nürnberg nicht concediret, ſondern nur ſchlechts commit
tiret worden/ hat auch tempore illius commiſsionis kein terri
torium noch iurisdictionem gehabt/ ſondern dieſelbe iſt von
Keyſern vnd Königen am Reich/ zuuor den Burggrauen/
per contractum feudi, & ſic priuatiue, non autem cumulatiuè ge
geben geweſt.

**So** iſt auch das Keyſerliche Schloß/ dem Rath zu
Nürnberg nicht univerſaliter, ſondern nur alleine cuſtodia,
damit das Hauß in bäwlichem weſen erhalten werde/ com
mittiret. Vnd bedarff es auch der Obrigkeit halber inn der
Statt keiner commiſion/ Dann was einem Erbarn Rath
inn der Statt für Gerichte/ Zoll/ vnd anders durch die
Burggrauen verkaufft/ dauon diſputiret man jetzund nicht/
ſondern der ſtreit iſt jetzo von der Obrigkeit vmb Nürnberg
herumb/ ſo weit ſich das Burggrafthumb erſtrecket auffm
Lande/ die zum Burggrafthumb vnd Landgerichte gehöret.

E iij  Vnd

Vnd ob wol ohne das Burggräuische Schloß/welches jr F. G. dem Rath zu Nürnberg verkaufft/ auch noch ein Keyserlich Schloß ist/ so hat doch die Obrigkeit auffm Lande/demselben Keyserlichen Castro, eben so wenig als dem Burggräuischen Castro zugestanden/ sondern dieselbe ist ein pertinents vnd zugehörung deß Burggrafthumbs stets gewesen/ vnd noch.

Das Burggräuisch Schloß ist weder ein filial deß Keyserlichen Schlosses/ noch der Statt Nürnberg vnterworffen/ Vil weniger aber ist es ein Castrum ostiarium vnd officialhauß/ in verwahrung deß Keyserlichen Vestenthors/ ad custodiam portæ vel officij gewidmet/ wie Syndicus mit vngrundt anzeigt/ Sondern es ist ein stattlich Schloß für sich selbst/ vnd neben sich ein eygen Thor in die Statt Nürnberg gehabt. Nam verba inuestituræ non sonant, Castrum quod tenent ibidem, ad custodiam portæ sitæ prope idem Castrum Cæsaris, sondern sie lauten also: Castrum quod tenet ibidem, custodiam portæ sitæ prope idem Castrum, Nam punctus habet vim copulæ.

Vnd ist Anwalden von vnnöten gewest/ein pertinentz deß Burggräuischen Schloß / auffm Lande zubeweysen/ weil Land vñ Leute/ auch alle Gerichte im Burggrafthumb der Nürnbergischen prouintz / ein zubehör deß Burggrafthumbs sey.

Vnd wird derwegen vom Syndico mit vngrund außgezogen/ da das Burggräuische Schloß ein pertinentz vnd iurisdiction gehabt/ so wer es per venditionem verbis uniuersalibus & generalibus conceptam auff einen Rath kommen / da doch im Kauffbriefe vber die Burg / das Landgerichte deß Burggrafthumbs Nürnberg / vnd also die Gerichte ausserhalb der Statt auffm Lande/ außdrücklich excipiret,vnd den Marggrauen vorbehälten worden/vnd stehen daselbst vber das / nachfolgende wörter : Vnd andere vnsers Burggrafthumbs Herrligkeit/ Recht vnd Güter/ die vnsere Vorfarn/ vnd wir/ jnen in disen vnd andern Briefen/ mit verkaufft oder vbergeben haben.

Gleicher

Gleicher gestalt ist es ein lauter vngrundt/ daß Syndicus fürgeben darff/ die bede Dörffer/ Werdt vnd Buch/ sein je vnd allwegen der Statt iurisdiction vnterworffen gewesen/ vnd noch/ Dann es hat je ein Rath zu Nürnberg anfenglich in der Statt selbst die Gerichte nicht gehabt/ Vil weniger aber sein jnen die Gerichte ausserhalb der Statt/zu Werdt vnd Buch/ zustendig gewesen. Vnd ob wol diser Dörffer halber/ von Syndici Principaln in vorigen sätzen/ verkauffbriefe vnd verträge/ angezogen worden/darauß sie erzwingen haben wöllen/ daß jnen die iurisdictio inn jetztberürten beyden Dörffern gebürn solte/ so hat doch klagender Anwaldt hiebevor/ in triplicis, in puncto possessorij, sub rubrica Buch/ Item, in puncto der superaddirten Dörffer/ sub rubrica Gostenhofe/ & sub rubrica Werdt/ mehr dann vberflüßigen bericht gethan/ wie es hierumb allenthalben beschaffen/vnd daß der Rath zu Nürnberg der fraischlichen Obrigkeit/auch in disen zweyen Dörffern/ mit vnfug vnd vnbillichheit sich anmasse/ wie man sich deß auff die triplicas in locis præallegatis thut referirn.

Klagender Anwaldt hat in triplicis mit gutem grunde gesetzt: Tum qui habet territorium habere etiam iurisdictionem, merum & mixtum imperium, in omnibus locis pagis & villis, wie dann Syndicus solches selbst gestanden/ vnd gestehen hat müssen/ Darauß will aber keines weges folgen/ als solten Syndici Principaln die Botmeßigkeit vnd Gerichte auff dem Walde zustendig sein.

Denn die Minor propositio, als solten Syndici Principaln beyde Wälde/ ex concessione imperiali innenhaben/ ist ein lauter erdichter vngrundt.

Sintemal oben/ vnd sonderlich hiebevor in triplicis, dahin man sich nochmals thut referirn/ stattlich dargethan/ vnd aufgeführt.

Erstlich/ daß die Landsfürstliche vnd fraischliche Obrigkeit auff den Wälden/ vnd in der gantzen Nürnbergischē prouintz/ nicht ein pertinentz vnd zubehör der Wälde/ sondern deß Burggrafthumbs.

Zum

Zum andern/ daß die Wälde den Burggrauen eygenthümblich zugestanden/ vnd ein Rath dieselben nicht ex concessione imperiali erlangt/ sondern von den Marggrauen erkaufft haben.

Zum dritten/ ob wol Syndici Principaln die Wälde von den Marggrauen erkaufft/ daß doch die Landsfürstliche vnd fraischliche Obrigkeit im Kauff außdrücklich excipirt, vnd den Marggrauen vorbehalten worden.

Zum vierdten/ daß alle der von Nürnberg documenta, darauff sie die Botmessigkeit vnd Gerichte auff den Wälden zuertzwingen vermeinen/ nur mandata temporalia & personalia, auch propter cessantem causam finalem vorlengst verloschen/ vnd wider auffgehaben sein.

Zum fünfften vnd letzten/ wann gleich die Nürnbergische documenta dermassen zuuerstehen sein sollen/ wie doch keines wegs gestanden wird/ als solt jhnen die botmessigkeit auff den Wälden von den Römischen Keysern iure proprio concediret/ vnd beliehen sein/ daß doch nichts destoweniger solche concessiones propter defectum potestatis & voluntatis, an jm selbst nichtig/ Vnd noch vber das per restitutionem & cassationem Caroli Quarti gentzlich cassiret, perimiret, vnd wider auffgehaben sein.

Klagender Anwaldt sagt nochmals/ daß es klar vnd vnwidersprechlich sey/ daß das Burggrafthumb je vnd allwegen auch ante infeudationem Rudolphi, ein Fürstenthumb mit einem ansehelichen territorio gewesen/ vnd daß derwegen Syndicus contra iuramentum calumniæ, vnd wider sein eygen gewissen/ solches zuuerneinen/ sich vnterstanden.

Dann es ist in triplicis Bey den confirmationibus mit ergründter warheit/ tam iuris quam facti dargethan vnnd erwiesen/ daß die Burggrafthumbe allbereit in prima & originaria fundatione, vnd ehe sie noch erblich worden/ nichts anders gewesen sein/ dann advocatiæ imperij, id est, regimenta siue parlamenta imperij, die von den Römischen Keysern/ als sie die Vandalos, Nariscos, Sorabes, vnd andere zum Römischen Reich bracht/ quo expeditior iurisdictio foret, iun

30

*in denselben eroberten Landen dermassen auffgerichtet /* ut certis præcipuis urbibus, certam regionem unde fori causa comearetur adiecerint, atq; illis Aduocatijs ex nobilioribus familijs præfecerint Curatores & Iudices, armatos publica authoritate, & certæ potestatis legibus, qui protegerent, procurarent, & defenderent possessiones, honores, & iura imperij ac ordinem politicum, administratione iusticiæ in illis locis tuerentur. *Daß also ohne allen zweyfel die Burggrauen auch allbereyt/ in zeit jrer ersten stifftung/ solche LandRichter gewesen/* qui vice Imperatorum, & armati ab Imperatoribus, armis & præsidijs, non modò in præcipuis vrbibus, quæ erant veluti Burgi, hoc est, propugnacula, & arces imperij, verum etiam in Circumiacenti prouincia illi Burgo attributa, & unde ad istud Burgum fori causa commearetur ius dicerent.

*Nun aber weiß man wol/* quod forma & origo, quæ à radice siue initio ducitur, dicatur in quolibet deriuato reperiri. Item, quod omnis prorogatio, etiam simpliciter facta, censeatur non modò eiusdem naturæ & qualitatis cum primo, verum etiam illud ipsum primum dicatur durare, iuribus & authoritatibus in triplica allegatis.

*Darauß dann folget / wann gleich König Rudolph/ Burggraf Friderichen das Burggrafthumb / welches sein F. G. allbereyt vor der zeit/ vnd bey regierung König Conrads / inngehabt vnd verwaltet / nur* simpliciter, *vnd nicht außdrücklich mit dem* vicariatu perpetuo, *vnd omni* iudicio in prouincia Noribergensi prorogiret, *vnd erblich verliehen hette / wie gleichwol dermassen geschehen sein / die* inuestitura *außdrücklich vnd mit klaren worten besagt / daß doch sein F. G. vnd derselben nachkommende Burggrauen / nichts destoweniger die fraischliche Obrigkeit im gantzen Burggrafthumb der Nürnbergischen prouintz / wie sie die zuuor bereyt gehabt/ bekommen/ vnd behalten hetten/ für eins.*

*Zum Andern / stehet in König Rudolphs belehnung/ daß sein Königliche Mt. Burggraf Friderichen/ nicht alleine mit der* Comitia Burggrauñ *in Nürnberg / welcher dann das gantze territorium vnd* districtus Noribergensis, *auch die* Iurisdictio, merum & mixtum imperium, & omnia Regalia *anhengig / sondern auch mit dem* vicariatu perpetuo in prouincia

Noriber-

Norbergensi, & quidem non tantum generaliter & indistincte, verum etiam unsuespaliter & geminatè Beliehen habe/ Welches Beldes dañ videlicet vicarius perpetuus, Item, omne Iudicium gleicher weyse omnimodam iurisdictionem merum & mixtum imperium, Item, & Regalia vnterſich Begreifft.

Vnd iſt dieſelbe Belehnung nicht alleine von König Rudolph ſelbſt reiterirt, ſondern auch von allen folgenden Keyſern vnd Königen am Reich renouiret, Beſtettiget/ vnd mit mehrem Begnadet worden.

Darauß dann folget/ daß eben durch dieſelbe Belehnung/ Burggrafe Friderich vnd ſeiner F. G. Nachkommen/ im gantzen Burggrafthumb der Nürnbergiſchen prouintz/ territorio vnd districtu, vnd an allen örtern/ſo vmb Nürnberg gelegen/ nicht alleine iudicia Ciuilia ſiue iurisdictionem ſimplicem, ſondern auch iudicia criminalia ſiue merum & mixtum imperium, vnd alſo auch die hohe Fürſtliche fraiſchliche Obrigkeit erlangt vnd Bekommen habe/ wie diſes oben in confirmationibus, vnd ſonderlich bey der ponderation der inueſtituræ Rudolphi mit mehrm ſtattlich dargethan/ vnd auffgefüret/ dahin man ſich nochmals ziehen thut.

Vnd iſt es ein lauter erdichter vngrund/ daß Syndicus fürgeben darff/ als hette Burggraf Friderich erſt ſub Carolo Quarto ſich den Fürſten parificiren laſſen/ vnd wer derwegen zuuor kein Fürſt geweſt.

Da doch aurea bulla Caroli Quarti außdrücklich/ vnd mit hellen klaren worten Beſaget/ daß die Burggrauen zu Nürnberg/ *ab antiquo tempore illuſtribus principibus parificati ſint & fuerint, & adhuc in omnibus & ſingulis nobilitate principum potiantur.*

Auß welchen worten dann/ *ab antiquo tempore illuſtribus principibus parificati*, vnuerneinlich folget/ daß die Burggrauen zu Nürnberg von alters hero/ vnd lang vor Keyſer Caroli Quarti zeiten Fürſten geweſt/ vnd ſich aller vnd jeder befreyhung/ Priuilegien vnd præeminentien, ſo andern Fürſten zuſtendig/ gebraucht haben.

Ob

Ob wol Syndicus sub hac reiterata Rubrica fürgeben
wil/klagender Anwald repetire vnd recoquire priora fastidiose, Fürsten-
So sagt Anwald/ Syndici vnuerschembte inficiationes, wi- thumb.
der die lautere offentliche warheit/ seind so offt gesetzt/ daß
mans nicht habe vmbgehen können/zu repetirn/ Dann Syndicus hat ein kurtze memoriam, wenn man jme gleich ein ding
an die wand mahlet/ das ers greiffen köndte/ so braucht er
doch stets den modum solvendi per inficiationem, vnd bringet
an desselben stat calumnien für.

Es bittet aber klagender Anwald ewer F. G. vnd derselben hochverstendige Beysitzer/wöllen in gnedige gute acht
nemen/ daß Syndicus alles vnd jedes/ so Anwald in triplicis
vnter der newen repetirten Rubrica/ Fürstenthumb. Item/
sub rubrica Limites, permultas paginas wiederholet/ mit nicht
verantworten selbst gestanden/vnd gestehn hat müssen/vnd
nimt demnach solches hiemit für gerichtlich bekant an.

Dann das Syndicus hier wider fürgibet/ es seind in-
eptiæ, vnd vnergründte newerungen/ darauff thut Anwald
disen Bericht/ er könne leyden/ wölle auch Syndico trotz ge-
boten haben/ daß er eynige newerung/ vil weniger aber einige ineptias demonstrire, vnd anzeyge/ welche von Anwalden
in seinen Triplicis weren fürbracht worden.

Dann Anwaldt gewiß weiß/ daß er seinen triplicis in fa-
cto nichts anders deduciret/ dann was hieBevor in volfürtem
Beweiß/ vnd angemasten gegenBeweiß/ vnnd den fordern
Schrifften zubefinden.

Vnd ob wol Anwaldt seines G. F. vnd Herrn grundt
vnd Intent/ der angestelten Clage in triplicis partim, ex facto
partim ex iure, mit mehrern vnd besserern fundamentis confirmiret, dann in den fordern schrifften geschehen/ vnd deß gegen-
teils vnerhebliche behelff/ nunmehr auch gentzlich & radicitus
perimiret, vnd widerleget sein/ So wirdt doch solches nicht
für newerung geachtet/noch diser vrsache halber verworffen
werden können/ Sondern muß von ewer F. G. vnd derselben hochverstendigen Beysitzern/ ad explorate cognoscendam
causæ veritatem, mit gnedigem vnd gönstigem fleiß verlesen
vnd erwogen werden/ Wie dann Anwaldt nicht zweinelt/

F ewer

erwer F. G. vnd die andern Herrn assessores, werden dessen keinen verdruß haben.

Vnd hat Syndicus sonderlich nicht vermeinen könen/ daß die Benachbarten Fürsten / so gleiche Fürstliche Obrigkeiten haben/ mit Anwalts gnedigen Herrn/ der grentzehalber einig sein / Daß auch sein F. G. nicht schuldig/ denen von Nürnberg fines limitatos zu demonstriren, oder von den limitibus rechnung zuthun/ weil das Burggrafthumb mit andern Fürstenthumen grentzet/ mit eines E. Raths güter aber keine limites hat/ so vil jr F. G. hohe Landesfürstliche vnd fraiß liche Obrigkeit anbetrifft.

Dann ein Rathe zu Nürnberg hat noch heute zu tage keine einige grentze vber die Stattgräben/ hat auch tempore Rudolphi vnd Alberti, Beedes in vnd ausserhalb der Statt/ gantz vnd gar keine Gerichte gehabt / Sondern alle Fürstliche vnd fraischliche Obrigkeit ausserhalb der Statt/ in der gantzen Nürnbergischen provintz vnd district des Burggrafthumbs/ ist vor jarn herauff den Burggrauen gantz vnd gar zustendig gewesen vnd noch / In der Statt aber haben jhre F. G. zwey theil / die Keyserliche Maiestat aber das dritte theil an den Gerichten gehabt.

Daß aber Syndicus abermals das Fürstenthum verleugnet / weil sich deßhalben der wenigste schein nicht finden soll. Hierauff sagt Anwald / daß das Burggrafthumb ein Fürstenthumb sey / das habe er für sich.

Erstlich/ König Rudolphs inuestituram, darauff erfolgte auream bullam. Item / Alberti inuestituram, da dann außdrücklich stehet/ daß jr Key. vnd Kö. Mt. den Burggrauen in feudum concediret haben/ Comitiam Burggrauii, & vicariatum perpetuũ, in provincia Noribergensi, cum reliquis feudis quæ idem & progenitores ipsorũ à Principibus & Regibus ante habuerunt.

Darnach hat Anwald für sich auream Bullam Caroli 4. die sagt: Quod ab antiquo tempore illustribus Principibus patificati sint & fuerint. Item, adhuc in omnibus & singulis nobilitate Principum potiantur. Item, Principum sacri Romani Imperii, iuribus, dignitatibus, libertatibus & honoribus, gaudere & potiri debeant.

Insuper

Insuper quod Burggraviatus Norinbergensis nobile membrum sacri Romani existat.

Zu dem hat Anwald für sich fünff Churfürsten deß Reichs Confirmationes, vber berürte bullam Caroli quarti, da dann ihr Churfürstlich G. alle sambtlich vnd einhellig bezeugen/ daß die Burggrauen/ von wegen deß Burggrafthumbs vnd der Herrschafft zu Nürnberg/ Fürsten deß Reichs sein/ vnd alle gnade vnd gewonheit anderer Fürsten / mit müntzen rc. haben/ Inmassen solches oben mit mehrem anzeigt/ dahin man sich ziehen thut.

Ist es dann nun ein Fürstenthumb / vnd hat Land vnd Leute / so wirdt auch eben dardurch erwisen / daß es seine terminos vnd fines habe / vnnd mit andern Fürstenthumben grentze / Nam habere limites, fines & terminos est accidens, quod necessitate accedit omni Ducatui & territorio.

Præterea fines Iurisdictionum probantur magis & melius, per ostensionem vulgi, & iudicium vulgarium circumcolentium, qui in hac materia sunt testes magis idonei. Libr. 1. §. 1. ibi Gl. ff. de fluminibus Gl. & Bar. L. de minore §. plurium. ff. de quæstionibus Bal. L. Iudicio C. de rei vend. Bal. L. proprietates C. de probat.

Das aber Syndicus abermals Limites deß Raths zu Nürnberg anzeucht/ innerhalb welchē die Wälde/ deß Reichs grund vnnd boden comprehendiret sein sollen / sagt Anwald/ wenn sie grentze der Wälde schliessen/ so vil die Nutzung/ seruitutes vnd anders betrifft/ So ist S. G. Fürsten vnd Herren sonderlich nichts entgegen/ weil die Wälde nun mehr jhr seind/ so vil die Nutzung betrifft/ doch seiner F. G. an jhrer Landsfürstlichen Obrigkeit/ Regalien vnd mero Imperio vnschedlich / dann es ist eben in Investitura Rudolphi angezeigt/ weil König Rudolph Burggraf Friderichen zum Vicario perpetuo, in der Nürnbergischen Prouintz constituiret, vnnd S. F. G. die hohe Fürstliche vnd fraischliche Gericht/ ausserhalb der Statt/ in der gantzen Nürnbergischen prouintz/ gar vnnd gäntzlich von den Gerichten / aber in der Statt zwey theil/ priuativè & irrevocabiliter concediret, vnnd den dritten theil für sich behalten/ daß zu derselben zeyt der Rath zu

F ij      Nürnberg

Nürnberg vberal kein gerichte/in oder ausserhalb der Stat Nürnberg gehabt haben müsse/vnd weil der Rath nicht erweisen können/daß die Burggrauen jnen dieselben jrem rhůmen nach/folgends mit den Wälden oder Burg verkaufft/so können sie sich auch nochmals einiges kraiß oder gezircks/darinnen jhnen die hohe Fürstliche vnd fraischliche Obrigkeit zuständig sein solte/nicht rhůmen oder anmassen.

So ist auch Anwald nit geständig/daß das Burggrafthumb (vel ut Syndicus in prioribus suis productis voluit nominare, der Nürnberger Bezirck vnd kreiß/ Jnmassen er es dannoch jetzo in effectu nennen wil) deß Reichs grund vnd boden sey/ dann die Keyser vnd Könige am Reich haben mit demselben Kreiß die Burggrauen respectu sui, nicht Cumulative sondern Priuative belihen/ vnd können derwegen weder jhre Key. Mt. noch der Rath zu Nürnberg im Burggrafthumb deß Nürnbergischen Zircks vnd Kreisses einiger Iurisdiction oder Regalien sich nicht anmassen/ wie oben stattlich aufgefürt vnd dargethon.

Klagender Anwald bittet ewer F. G. vnd derselben hochuerstendige Beysitzer/ wöllen in gnedige vnd gute acht nemen/das Syndicus jetzo leugnen wil/daß er in vorigen seinen Setzen vermeinet habe/ daß den Burggrauen per Rudolphum Albertum, & alios Imperatores die Regalia als zölli Geleid/ auri, argenti, & cupri &c. fodinæ, mit gegeben sein sollten / vnnd saget darauff es sey jhme solches niemals in Sinn kommen.

Da doch Syndicus in seinem vorigen product in puncto petitorij außdrucklich dise wort gesetzt/ nemlich / vnd ob wol die Inuestiti mit etlichen emolumenten der Regalien auch sein begnadet worden/so kan doch darauß kein Regal geschlossen werden.

Item er hat weiter außdrucklich dise wort gesetzt/daß das necessarium requisitum ad concessionem der Regalien nicht verhanden sey/ Nemlich quod non sit apposita clausula motus proprij, vel clausula ex certa scientia, vnd hat darzu authoritatem Alberti de Rosat & Iacobini de S. Georgio allegiret.

Ob das nun nicht heisse den Burggrauen die Regalia schendlich verneinet/ solches stellet Anwaldt I.F.G. vnd derselben Assessoribus gnedig vnnd günstig zuermessen anheim/ Anwald lest jhme für sein Person gnügen/daß er in seinen triplicis Syndicum dermassen gedrenget/ vn vberwisen/ daß er sich jetzund selbst hat müssen ins Maul schlagen.

Ob dann gleich die Burggrauen vmb Nürnberg etliche dinge durch verdienst/ gnade/ kauff/ Erbschafft/ rc. erlanget/ wie doch Syndicus nicht erwisen/ So hetten sie doch das erlanget/ das in deß Burggrafthumbs Obrigkeit/ territorio vnd districtu gelegen gewesen/ vnnd weiter in der Obrigkeit Beliben/ So seind auch solche Käuffe stets mitallen Gerichten/ Nutzen/ Rechten vnd Freyheiten geschehen. Item/ die Burggrauen haben alles was sie an sich gebracht/ stets für vnd für titulo vniuersali Burggrauiatus besessen/ vnnd vom Reich zu Lehen empfangen/ wie hieuor in triplicis auch angezogen/ reimet sich derwegen gar nichts/ das Syndicus fürgeben wil/die Burggrauen hetten in præ iudicium tertij nichts erlangen können/ dann jhr F.G. de novo nichts erlanget/sondern nur was sie allbereit zuuor substantialiter & in rei veritate gehabt/ dasselbe haben sie fertner continuiret.

Klagender Anwald sagt nochmals/das Gelaidt stehe Glaide, dem Burggrauen zu/ nicht ex pactis & concordatis, sondern iure Burggrauiatus, Jnmassen in triplicis mit mehrem dargethon vn aufgeführet/ welches auch Syndicus mit nicht verantworten selbst gestanden vnd gestehen hat müssen/ dann daß sich Syndicus deßwegen auff seine exceptiones vnd replicas referiret, ist solches sein fürgeben hiebeuor in triplicis mehr dann vberflüßig abgelehnet.

Dann weil Burggraf Friderich dardurch/ daß er allbereit vom König Rudolpho mit der Comitia Burggrauij, Item, perpetuo Vicariatu in provincia Noribergensi Beliben/ zu fürstlicher præeminents erhoben/ so folget hierauß das S. F.G. vnd derselben nachkommende Burggrauen/ nicht alleine merum & mixtum Imperium, Sondern auch alle Regalia,

F iij vnd

vnd vnder denselben auch das Geleidt erlanget haben/ weil
Gleidt ein solch Regal/ das/ wer sich dessen gebrauchen will/
muß Strassenrecht haben/ welches kein Landsfürst einem
andern gestehet.

Vnd ob wol Syndicus in vorigen seinen Setzen/ etliche commissiones Imperatorum, die er gemeinglich fortheilischer weiß concessiones nennt/ vermeintlich angezogen/ darinnen dem Schultheiß vnd dem Rath zu Nürnberg befolhen/
Strassen zu defendirn/ so ist doch hiebeuor in triplicis warhafftiger/ bestendiger Bericht geschehen/ wie es vmb solche
vermeinte commissiones allenthalben geschaffen.

Vnd nimbt demnach Anwald für gerichtlich bekannt
an/ das Syndicus mit nicht verantworten selbst gestanden
vnd gestehn hat müssen/ das alle dieselben vermeinte angezogene commissiones erst lang hernach datiret vnd geschehen/
wie den Burggrauen allbereit zuuor/ ab antiquo tempore das
Gelaidt vnnd andere Regalia, von wegen deß Burggrafthumbs vnd der Herrschafft zu Nürnberg/ in der Nürnbergischen Prouintz/ territorio vnd districkt von Keysern vnd Königen am Reich/ per contractum feudi, & sic priuativè non autem
cumulatiuè, gegeben gewest.

Gleicher gestalt nimbt Anwald für gerichtlich bekannt
an/ das Syndicus mit nicht verantworten selbst gestanden/
vnnd gestehn hat müssen/ daß die von Nürnberg solche vermeinte commissiones per circumventionem Imperatorum erlanget. Item/ daß die commissio Heinrici septimi, zu Pysis datirt/
vnd das dieselbe von jhrer Key. Mt. daselbst vnd die zeyt/
wie sie nicht in Germania bey jhrer Canntzley vnd Gelerten erfarnen Reichshofräthen gewesen/ von denen sie der sachen/
vnd ob auch dem Burggrauen zuuor das Gelaidt zustünde/
gründlich bericht hett nemen können/ sonder wie jhre Mt. zu
Pysis gewest/ intra arma & in ipsis tumultibus bellicis durch einen Erbarn Rath auff jhren vnuolstendigen bericht auffbracht/ wie dann ohne das carmen Lucretianum in principibus
gemeiniglich statt hat.

Sapiunt alieno ex ore petuntq́;
Res ex auditis potius quàm sensibus ipsis.

Also

Also auch nimpt Anwaldt für gerichtlich bekannt an/ daß Syndicus mit nicht verantworten selbst gestanden/vnd gestehen hat müssen/ daß in betrachtung dessen/ wie die von Nürnberg solche Briefe außbracht/ die folgenden Keyser in jhren Belehnungen/ Confirmationibus, vnd Begnadungen/ nicht alleine dieselben der von Nürnberg Briefe/ alle samptlich auß rechter wissenschafft casſiret, auffgehoben vnd vernichtiget/ sondern auch daneben versehen/ daß sie sich deren wider die Burggrauen/in oder ausserhalb der gerichte/nicht gebrauchen / vnd vber das menniglichem befolhen/ vber den Burggräuischen belehnungen/confirmationibus vnd freyheiten/ bey vermeidung jrer F. G. vnd deß heiligen Römischen Reichs schweren vngnade/stet/vest/vnd vnuerbrüchlich zu halten/ vnd dawider nicht zu handlen.

Zu deme nimpt Anwald für gerichtlich bekant an/daß Syndicus mit nicht verantworten selbst gestanden / vnd gestehen hat müssen/ Ob wol die erste Caroli Quarti comisſio,zu Nürnberg Anno 1347. datiret,so sey sie doch initio suæ gubernationis, als anno secundo sui imperij geschehen/ wie Keyser Ludwig nur drey wochen zuuor/ wie der Rath zu Nürnberg dieselben bey Keyser Carolo dem vierdten außbracht/ erst gestorben gewesen.

Item/ ob wol Keyser Carolus der vierdte/noch bey leben Keyser Ludwigs erwehlet worden/ so sey doch Ludovici authoritas, & principum ac civitatum benevolentia erga eum tanta gewesen/vnd geblieben, Vt Carolus ipso vivo, nihil nec auderet nec posset, prout diserté scribitur, cum Ludovicus Imperator ex Burggravio Noribergensi & reliquis Principibus spiram evocatis quæsivisset, an probarent Caroli electionem, neminem repertum esse, qui à Ludovico vellet se seiungere. Vnd seind alle andere Stende des Reichs/ als Suevicæ, Helveticæ & Rhenanæ civitates, stets in fide erga veterem Imperatorem geblieben/ ausserhalb Nürnberg / die es alleine mit Carolo/zu anfang seiner Regierung/ contra veterem Imperatorem gehalten/ vnd daß derwegen die zeyt der Burggraf/ Carolo Quarto, vnd der Statt Nürnberg/da Carolus seinen Residentz hatte/ Vnd dann hinwider Carolus Quartus, vnd die Statt Nürnberg/ gleicher gestalt dem Burggrauen auch zu wider gewesen sein.

F iiij Ferner

Ferner nimbt Anwaldt für gerichtlich bekannt an/ das Syndicus mit nicht verantworten selbst gestanden vnd gestehen hat müssen/das Heinrici vnd Caroli vermeinte commissiones, sub & ob reptitie außbracht/ Vnd das es nun mandata temporalia & personalia, vnnd daß die causa finalis & ratio derselben befelch vor langst verloschen/ das auch Heinrici & Caroli commissiones partim propter defectum potestatis, partim propter defectum voluntatis nichtig.

Item das Carolus 4. wie er Heinrici priuilegium confirmiret nicht in Germania, sondern zu Rom/ & quidem in ipsa Basilica Petri, inter ipsa coronationis solennia, dum adhuc Missarum agebantur mysteria, gewesen sey.

Weiter nimbt Anwald für gerichtlich bekannt an/ das Syndicus mit nicht verantworten/ selbst gestanden vnd gestehen hat müssen/ alles vnnd jedes/ was Anwaldt in seinen triplicis deduciert/ wie es darumb eine gelegenheit gehabt/ das Syndicus in seinen vorigen gesetzen darauff hat dringen wöllen/ daß ein Burggraf bey solcher Caroli 4. confirmation zu Rom selbsten mit gewesen sein solte.

Vber das nimbt Anwald für gerichtlich bekant an/das Syndicus selbst gestanden vnd gestehn hat müssen/ daß denen von Nürnberg damals nun propter negligentiam Burggraviorum, vñ daß dieselben keine Iusticiam administriret, strassen zu defendiern sey befolhen worden.

Dann Keyser Caroli brief mit E. Anno 1366. datiret/ welchen Syndicus selbst produciret/ besagt mit klaren worten/ daß die Burggrauen die strassen vnd das Glaidt zuuor gehabt/ Weil es aber dieselben negligiret, vnd ligen lassen/ so committire dasselbe jhre Mt. propter eiusmodi negligentiam & non administratam iusticiam den von Nürnberg/ Quia in principio derselben commission dicitur generaliter, daß viler Fürsten vnd Herrn Strassen/ Glaidt vnd Zöll darnider ligen/ darumb vor jr Key. Mt. mancherley klagen täglich komen/ postea revocauit Imperator, alle Glaidt vmb Nürnberg in genere, vltimo autem dicitur, vnd mit Namen widerrüffen wie die Zölle vnnd Glaidt/ die wir haben erleubet vnd gegeben dem Edlen Burggraf Friderichen zu Nürnberg.

Item

Item/ es stehet noch vber das Klerlich im selben Briefe/ das K. Mt. den von Nürnberg die strassen vnd Glaid/ von wegen der Kayserlichen wohnung vnd Hofhaltung / so damals zu Nürnberg geweßt / commitirt habe / Quamprimum itaq; illa causa finalis illius privilegij cessavit, itidem cessavit privilegium. Et per consequens, si Noribergenses ulterius usurparunt, das Glaid/ tunc fuerunt in mala fide.

In gleichem nimpt Anwald für gerichtlich Bekant an/ daß Syndicus mit nicht verantworten selbst gestanden/vnd gestehn hat müssen / daß die clausula ex plenitudine potestatis. Item, Clausula ex certa scientia (quæ æquipollent prout dicit Bal: in l. cas. verb. decisum C. de appellat: & Abb: in c. cum inter in 8. natas. ex: de except:) tantum suppleant defectus solennitatis,& formæ omissas,aber nichts wircken können/circa ea quæ in facto consistunt,nisi princeps circa factum,causæ cognitionem p̄misisset, certam scientiam inducentē,prout post multos tradit Celsus,Hugo in cons: 100. nu: 15. & 16. Item, quod non tollant ea quæ p viam contractus concessa sunt,put post alios tradit Card: paris:consꝭꝭ. nu: 124.& 125. lib.j. Cum princeps velit ut actus suus sit ab omni malitia & diminutiōe alienus ϛ illud, Auth.cōstitutio, quæ de dignitatibus & p̄sumatur iusticiæ plenus ac rescribere salva iusticia aliorū L.2. §.merito & §. si quis à principe ff. ne quid in loco publico.

Leßlich nimpt Anwald für gerichtlich Bekannt an/das Syndicus mit nicht verantworten selbst gestanden / vnd gestehen hat müssen/ Weil Carolus Quartus in sua aurea bulla bezeuget/nicht allein daß die Burggraven zu Nürnberg/ab antiquo tempore Illustribus Principibus parificati sint & fuerint, & adhuc in omnibus & singulis nobilitate Principum potiantur, Sondern daß auch etliche jr F. G. Vorältern/eiusmodi libertates & honores negligiret haben / vnd daß jhr Kay. Mt. jhr F. G. darzu widerumb instituiret.

Denn weil die andern Principes imperij, das Gelaid in jrem Fürstenthumb stets gehabt.

Item/ weil appellatione honoris, in denen fällen/ quando fit mentio eiusmodi honoris, qui illustribus principibus competit, die Regalia comprehendiret werden / So muß hierauß vnuernainlich folgen/ daß auch die Burggraven ab antiquo das Gelaidt inn der Nürnbergischen Provintz gehabt haben/ Vnd ob es gleich propter negligentiam, & non administratam

ministratam Iusticiam stet Voelkern/weil dieselben die strassen nicht geschirmet vmnb befridiget / wie sie billich hetten thon sollen/ Sondern jhr Glaid haben darnider ligen lassen/dem Rath zu Nürnberg ist committiret worden / das doch nichts destoweniger die Burggrauen von Carolo Quarto per viam Iusticiæ darzu widerumb seind restituiret.

Das aber Syndicus/ weil er nichts hat soluirn könen/ hierwider vorgeben will / als solten es grobe / widersinnige/ vnd den löblichen Keysern / vnd klagenden Fürsten / zu kleinerer Ehr eingeführte deliria seind / Hierauff sagt Anwald / es sey auff seinem theil ein gut zeichen / das Syndicus / weil er nichts gründlichs auffzubringen gewust/sich mit dergleichen calumnijs zusticken vnderstehet.

Dann das zu Rechten vorsehen/quando princeps aliquid concessit, & vel ipse, vel successor ipsius facit etiam secundam cōcessionem, quod tunc ille vel successor ipsius præsumatur istam secundam concessionem fecisse ex oblivione vel mala informatione, & sic potius ut circumventus, quàm scienter.

Item, quod in principe, propter multitudinem negociorum, præsumatur ignorantia & oblivio etiam facti proprij, multò magis autem eorum, quæ prædecessores sui egerunt, solches ist den löblichen Keysern nicht zu vneht eingeführt.

Dann die Rechte haben solches auf denen Ursachen verordnet/quod princeps præsumatur iusticiæ plenus, & non velit, vt quis sub fide sua decipiatur.

Item, quod princeps velit ut actus suus sit ab omni malitia & diminutione & iniuria alienus. Insuper quod princeps non præsumatur aliud velle, nisi quod iura volunt, quæ quidem nihil ita in principe, quam rectam fidem requirunt iuribus vulgatis.

Gleicher gestalt kan klagenden Fürsten/noch J. F. G. hochlöblichen Vorfarn/ zu keinem vnglimpff geraichen/ das in Keyser Caroli 4. commissionibus, so denen von Nürnberg/ des Gelaides halben geschehen/ gedacht wird/ das jr F. G. hochlöbliche Vorfarn/ die strassen vmb Nürnberg nicht beschirmet

schirmet vnd Befridiget/wie sie Billich hetten thun sollen/sondern jr Glaid haben darnider lassen ligen.

Dann solches ist geschehen/als Burggraf Friderich sich von dem vorigen Keyser Ludouico nit hat seiungim wöllen/sondern neben allen andern Fürsten des Reichs/ bey Ludouico gestanden/vnd wider Carolum Quartum, qui Norinbergæ arcem & sedem sui noui Regni constituerat, gewesen ist.

Aber zu was ehr dieselben commissiones Syndici Principaln geraichen/ solches hat Anwald ewer F.G. vnd derselben hochverstendige Beysitzer zuBedencken/ hieBeuor in triplicis anheim gestellt.

Dann wie Syndici Principaln mit den sachen vmbgangen sein müssen/ solches erscheinet gnugsam auß deme/ Erstlich/ daß sie Heinrici septimi commissionem, inter arma & in ipsis tumultibus bellicis, wie jhr Kay. Mt. in Italia gravissimo bello contra Florentinos, & Robertum Regem occupiret, vnd nicht in Germania bey jhrer Cantzley/ vnd gelärten/erfarnen Reichs Hofräthen gewesen/von denen sie sich der sachen/vnd ob auch den Burggrauē zuuor das Gelaide zustünde/gründlichen bericht hett nemen können/ auff jren vnBestendigen Bericht aufBracht haben.

Zum andern/ daß sie Caroli Quarti erste Confirmationem eben die zeit/wie der Burggraf neben dem vorigen Keyser Ludwig gestanden/ vnd wider Carolum Quartum gewesen ist/ aufBracht haben.

Zum dritten/ daß sie die andern Keyser Caroli Quarti confirmationem nicht in Germania, vnd wenn Carolus Quartus müssig/ sondern in Italia zu Rom/ & quidem in ipsa Basilica petri, inter ipsa coronationis solennia, dum adhuc Missarum agebantur mysteria, aufBracht haben/ da man sich de iure tertij nichts erkändigen/ noch ferner der Burggrauen gegebnē begnadungen vnd freyheiten hat erinnern können.

Zum vierdten / daß Carolus Quartus selbst/ vnnd alle nachfolgende Keyser vnd Könige am Reich alles vnd jedes/ welches der Rath zu Nürnberg deh Marggrauen zu Brandenburg/

denburg/ als Burggrauen zu Nürnberg/ zu nachtheil oder schaden/ vor oder nach) je Bey. K̄M. aurea bulla impetriret, wie derumb cassiret, vernichtiget/ vnd krafftloß erkant habe.

So ist auch Antwurt nicht obstulosus, wie jhme von Syndico mit vngrundt zugemessen werden will/ Denn daß Carolus bey leben Keyser Ludwigs/ von allen stenden verlassen/ vnd Nürnberg allein bey jhme verharret/ Vnd daß er Carolus/ vnd die Statt Nürnberg/ den Burggrauen zu wider gewesen sein/ Solches ist auff allen Historijs nostrorum temporum, kund vnd offenbar. Dann die Historiæ illius temporis Bezeugen allesamblich/ wie Carolus noch bey leben Keyser Ludwigs/ von etlichen Churfürsten erwehlet worden/ in fide erga veterem Imperatorem mansisse, omnes Principes Imperij, & inter hos etiam Burggrauium Noribergensem, cumq́; ex principibus sp̄am conuocatis quæsiuisset, an probarent Caroli electionē neminem repertū esse, qui à Ludouico vellet se seiungere.

Gleicher gestalt Bezeugen alle Historiæ illius temporis, quod Carolus tantum à Noribergensibus & Ratisbonensibus sit receptus, atq́; nihilominus multę certò tutoq́; consistere, nec confirmare sese potuerit, prohibitus consensu atq́; coniunctione potissimæ partis Electorum, omnium principum imperij, & ciuitatum Sueuicarum, Heluetiorum & Rhenensium.

Vnd ob wol die aurea bulla Caroli Quarti den Burggrauen zu Nürnberg gegeben/ ein starhafftiges vnd herrliches Priuilegium ist/ So seind doch die Burggrauen nicht erst vom Carolo Quarto gefürstet worden/ sondern sein stets für vnd für/ ab antiquo tempore, von wegen des Burggrafthumbs vnd der Herrschafft zu Nürnberg/ Fürsten des Reichs gewesen/ Vt patet ibi ab antiquo tempore illustribus Principibus parificati sint, & fuerint, & adhuc in omnibus & singulis nobilitate Principum potiantur.

Item, ibi quapropter attendentes, quod Burggrauiatus Noribergensis sacri Imperij nobile membrum existat.

Allein daß Carolus Quartus in derselben Bulla solches mit vorwissen vnd bewilligung aller Chur vnd Fürsten/ vnd der andern Stende des Reichs sententiando declarirt, vnd die Burggrauen mit mehren gerechtigkeiten/ die andere Fürsten

die

37

die zeit nicht gehabt/als mit den fodinis & Mineris auri, argenti, cupri, ferri, plumbi, stanni atq; reliquorum metallorum begnadet.

**Item/** daß jr Key. Mt. alles vnd jedes / welches ein Rath zu Nürnberg/ oder sonst jemands anders/ den Marggrauen zu Brandenburg/ als Burggrauen zu Nürnberg/ zu nachtheil oder schaden/ vor oder nach derselben bulla impetriret/widerumb cassiret/ vernichtiget/ vnd für krafftloß erkant hat.

**Item/** daß jr Key. Mt. die Burggrauen per viam iusticiæ widerumb restituiret. Dann im anfang derselben Bulla, stehen dise wort/ Nemlich:

Quamuis rationabili fide dignorum testimonio dudum sit informata serenitas nostra, qualiter spectabiles Nurnbergens. Burggrauij ab antiquo tempore, nobilitate sua illustribus principibus parificati sint, & fuerint, & adhuc in omnibus & singulis nobilitate principum potiantur. Quia autem nonnulli prædecessores eorū huiusmodi libertates & honores in aliqua parte sic NEGLEXISSE (notetur verbum *Neglexisse*) noscuntur, & eos non prosecuti sint tali diligentia, quod in hominum communi permanerent noticia, sicut honor & dignitas Burggrauiatus huiusmodi merito requirebat.

**Vnd** folget darnach Caroli sententia restitutoria, cum clausula, animo deliberato, Comitum, Baronum, procerum sacri imperij, accedente consilio de certa scientia & plenitudine Maiestatis, sententiamus, declaramus & dicimus. Vnd folget darnach mit vilen worten/ die restitutio aller der stücke/ die die Burggrauen tempore negligentiæ verloren/ vnd jnen hernacher wider zuerkant.

**Klagender** Anwaldt gestehet/ daß er in seinen triplicis Zoll. gesagt habe/ Syndicus Brechte ein vergebliche disputation/ deß Zolls halben für/ weil der streit nicht vom Zolle/ sondern von der fraischlichen Obrigkeit ist.

Daß aber Syndicus darauf inferirn will/ es sey zu verwundern/ daß Anwaldt / sonderlich deß Glaids halben/ sguil calumnias habe implicieren dörffen.

G      Hierauff

Hierauff sagt Anwaldt/ weil Syndicus so offt vnnö．
tiger weise/vñ stets per modum inficiationis widerholet/alles
zů dem ende/den Burggrauen das Fürstenthumb dardurch
zuuernichtigen/ so sey Anwaldt nicht zuuerdencken/daß er
seines G. Herrn notturfft auch fürbracht vnd widerholet.

Vnd bittet Anwaldt nochmals E. F. G. vnd dersel
ben hochverstendige Beysitzer/wöllen in gnediger vnd guter
acht haben/ daß bedes in Rudolphi vnd Alberti inuestituris,
neben den perpetuo vicariatu in prouincia Noribergensi, zum
vberfluß auch deß Zolles außdrücklich gedacht/ daß die
Burggrauen denselben auch inn der Statt gehabt haben.
Item/in Keyser Carls Briefe mit E. welchen die von Nürn
berg selbst producieret/ stehet außdrücklich/ daß er das Ge
lait zuuor den Burggrauen gegeben gehabt. So stehet auch
in aurea bulla Caroli Quarti,daß den Burggrauen/ wegen deß
Burggrafthumbs/ alle iura illustrium principum gebüren/vnd
von alters gebüret haben.

Vnd König Ruprechts Lehenbrief/ deß datum helt
1401. Bringet diß noch außdrücklicher mit/ Dann das seind
die wort/ Nemlich: Also daß sie vnd jrer jeblicher dieselben
Fürstenthumb/ Herrschafft/ Land vnd Leute/ Landgerich
te/ Clöster/ Teutsche Häuser/ Wildpähn/ vnd Zölle innehn
ben/ vnd besitzen/ der gebrauchen vnd geniessen sollen vnd
mögen/mit allen vnd jeblichen jrn Freyheiten/ Zöllen/ Nu
tzen/ Rechten vnd Zugehörungen/ als ihre Altfordern/ vnd
sie bißhero inngehabt/ Besessen/ vnd dero genossen haben/
ohne gefehrde.

Vnd ob wol der streit nicht von Gelaidt vnd Zoll/ so
ist doch/ was Anwaldt deßwegen fürbracht/ keine Logoma
chia, Sondern weil Syndicus den punct vom Zoll vnd Ge
laidte so offt vnd vilfeltig widerholet/ das Fürstenthumb
deß Burggrafthumbs/ vnd der Herrschafft zu Nürnberg/
dardurch zuuernichtigen/ so hat Anwaldt seins G. Fürsten
vnd Herrn notturfft hinwider auch fürbringen vnd wider
holen müssen.

Vnd repetiret demnach Anwaldt/ gleichsfalls priora
cum generalibus, vnd will stillschweigend nichts eingereumet
haben. Gleicher

Gleicher gestalt sagt klagender Anwaldt nochmals/ wie es dann auch Syndicus selbst nicht hat verneinen können/ daß der Wildpahn eben so wenig als deß Zolls in libello dispositivè gedacht/ daß auch darauff lis nicht contestiret, sondern daß die disputatio sey von fraischlicher Obrigkeit.

Vnd ob wol klagender Anwaldt vnter anderm articuliret/ daß die Wildpähn ein Regal vnd Herrligkeit deß Burggrafthumbs sey/ so ist doch solches nur auß denen vrsachen geschehen/ weil Syndicus den Burggrauen das Fürstenthumb deß Burggrafthumbs vnd Hertschafft zu Nürnberg/ vnd die regalia, so gantz vnd gar zuuernichtigen/ kein abschew gehabt/ damit man jme mit disem vnd dergleichen Regalstücken/ seine vnuerschämbte lügen desto mehr sichtbarlich vnd greiflich in Halß schiebe.

Vnd bleiben derwegen die Enthymemata, welche Anwaldt dises puncts halber in seinen triplicis ex veris & immotis fundamentis, tam iuris quam facti gemacht/ Syndici widersechtens vngeachtet/ nochmals vnabgelehnet/ Wie dann auch Syndicus solches alles mit nicht verantworten selbst gestanden/ vnd gestehen hat müssen.

Als erstlich weil Keyser Carl sambt den fünff Churfürsten deß Reichs öffentlich bezeuget/ daß die Burggrauen von wegē deß Burggrafthumbs ab antiquo tempore in omnibus & per omnia illustribus principibus parificati sint & fuerint, atq; in omnibus iura & libertates illustrium principum habuerint & illis potiantur. Ergo, haben jr F. G. auch die Wildpähn innegehabt vnd besessen.

Zum andern/ weil in König Ruprechts Lehenbriefe vnter dem dato 1401. mit außdrücklichen worten gesetzt/ daß das Burggrafthumb zu Nürnberg ein Fürstenthumb sey/ vnd gleich andern Fürstenthumen/ Wildpahn/ Zölle/ vnd andere Regalien gehabt habe/ Item/ daß der Burggrauen Voreltern die Wildpähn innegehabt/ besessen vnd genossen/ vnd sie noch innehaben/ besitzen vnd geniessen/ Vnd werden eben dieselbe wort auch in König Sigmunden belehnung vnterm dato 1415. gezelet/ Ergo, &c.

G ij

Zum dritten/weil die Burggrauen zur zeit König Ruprechts Belehnung kein Fürstenthumb/ dann allein das Burggrafthumb vnd die Herrschafft zu Nürnberg gehabt/Ergo so ist jr F. G. krafft solches Fürstenthumbs/der Wildpän/der örter zugehörig gewesen/da gleich jr F. G. hernachmals q ad proprietatem an denselben örtern etwas an sich bracht hetten.

Zum vierdten / weil die Wälde der Burggrauen totaliter gewesen / vnd jr F. G. dieselben Wälde dem Rath verkaufft / doch mit außdrücklichem vorbehalt der Wildpähn/ Lehen vnd Gelait / Ergo so ist die Wildpahn auff den Wälden gentzlich vnd totaliter jr F. G. zugestanden/vnd noch.

Vnd wird Anwald nicht vnzeitig gedrungen/E.F.G. vnd derselben hochverstendige Beysitzer vntertheing vnd günstig zuerinnern / daß Syndicus als ein vergessener/sonderlich dises orts / mit nicht verantworten selbst gestanden/ vnd gestehn hat müssen / daß er mit verläugnung deß Fürstenthumbs vnd der Fürstlichen Regalischen Obrigkeit / nit alleine Keyser vnd König lügenstrafft / sondern auch nichtige verloschene / vnd cum clausula præcepti pænalis, de non allegando, vel utendo cassirte briefe angezogen / vnd sich der wider außdrückliche Keyserliche pænal verbott/gebraucht hat.

Item/daß er Keiser Heinrichs comißion falsch angezogen/ vn gesetzt/ als solte/vermöge derselben/der Landrichter dem Schultheiß zu Nürnberg vnterworffen gewesen sein.

Item/das er in König Wenceßlai briefe vor deß Waldes pflegen / deß Wildes pflegen/ fälschlich angezogen habe.

Daß aber Syndicus zuuor selbst bekennet/daß die Wälde der Burggrauen gentzlich gewesen/vnd aber jetzo solches gerne widerumb läugnen wolte / möchte Anwaldt vom Syndico wol sagen/ daß er nicht gedencken oder verneinen könde/ daß ein mehr vermessener mensch jemals erfarn wer.

Dann es hat Syndicus nicht allein selbst gesetzt / sondern hat auch hart darauff gedrungen/daß die Burggrauen die Wälde dem Rath zu Nürnberg verkaufft/ Wern nun die Wälde nicht gentzlich jrer F.G. gewesen/wie hetten jr F.G. denn dieselben dem Rath zu Nürnberg verkauffen können.

So

So sagt auch klagender Anwaldt nochmals/ er finde kein einig documentum, daß der Keyser die Wildpan auff den Wälden selbst gebraucht hette/ Vnd ob gleich etliche Briefe produciret würden/ so ist doch hiebevor mehr der notturfft Bericht geschehen/ wie es darumb allenthalben beschaffen/ Derwegen es Anwaldt von vnnöten/ vnd ein vberfluß zu sein erachtet/ solches zuwiderholen/ Sondern will sich dises puncten halben/ ad deducta in triplicis referiret haben/ zu förderst/ weil Syndicus selbst gestanden/ (defwegen sich wol zuuerwundern/ daß er jetzo abermals souil wesens davon macht) daß die Wildpahn niemals streittig gewesen/ auch noch nicht sey.

Vnd ist ein lauterer vngrundt/ daß Syndicus fürgibt/ als ob die Sultzen zumachen/ in feudum concediret vnd verlichen sein solt/ so doch die producirte vrkunden hievon kein wort melden/ dann es vil mehr ein seruitus, aber gar kein beneficium, Wie dañ das ander/was hiebey fürgebe/ gleichsfalls nicht gestanden/sonder widersprochen wirdt.

Bey dem punct deß Landgerichts/ continuiret Syn-candges dicus seine angenommene vnd innaturirte gewonheit/ daß er richt. für vnd für calumnijret/ Dann weil er Anwalds fundamenta nicht soluirn können/ fengt er alsbald an zuschmehen/ vnd gibt für/ Anwaldt könne selbst keinen scopum durchauß suchen vnd finden/ repetire nun priora, dern keines zuuerantworten würdig/ anders nicht/ dann alleine mit erholung deductorum in prioribus.

Aber Anwaldt will Syndico hierauff kürtzlich antworten/ ex authoritate Ciceronis, videlicet, Quod obiurgans ille ferendus non sit, qui quod in alio reprehendit, in ipso deprehenditur.

Denn da man gleich Syndici conclusionschrifft per Alerabicum distillirte/ würde man doch anders nichts darinnen finden/ dann daß er selbst durchauß keinen scopum habe suchen vnd finden können/ sondern repetire nun mit vilen vnnützen worten/ priora, dern keine zuuerantworten würdig/ vnd soluire nichts anderer gestalt/ dann alleine repetendo prius deducta, & cumulando virulenta convicia in Aduocatum

G iij illustris.

illustrissimi Marchionis, quæ tamen omnia in ipsum Syndicum redundant, ita ut ipse Syndicus in totis & universis hisce suis conclusionibus nihil aliud videatur egisse, quam quod est disertus in proprium convicium, atq; sui ipsius iudicium profitetur, perinde atq; si medici, quorum tituli remedia habent, pixides verò venena.

Und nimbt demnach Anwaldt abermals für gerichtlich bekant an/ daß Syndicus mit nicht verantwortten selbst gestanden / vnd gestehen hat müssen / daß die Burggraffthumbe allbereit in prima & Originaria fundatione, vnd ehe sie noch erblich worden / nichts anders gewesen sein / dann Advocatiæ imperij, hoc est, Regimenta sive parlamenta imperij, die von den Römischen Keysern / als sie die Vandalos, Sarabes, vnd andere Heyden zum Römischen Reich bracht/ Quò expeditior iurisdictio fieret in denselben eroberten Landen dera massen auffgericht / vt certis præcipuis vrbibus certam Regionem unde eo fori causa commearetur adiecerint, atq; illis Advocatijs ex nobilioribus familijs præfecerint Curatores & Iudices armatos publica authoritate, & certæ potestatis legibus, qui protegerent, procurarent, & defenderent possessiones, honores & iura imperij, ac ordinem politicum administratione iusticiæ in illis imperij locis tuerentur, daß also ohne allen zweyfel die Burggraven / auch allbereit in zeit jrer ersten stifftung / solche Landrichter gewesen/ qui vice Imperatorum & armati ab Imperatoribus armis & præsidijs, non modo in præcipuis vrbibus, quæ erant veluti, Burgi, hoc est, propugnacula & arces Imperij, verum etiam in circumiacenti provincia illi Burgo attributa, & unde ad istud Burgum fori causa commearetur, ius dicerent.

Und ist es ohne allen zweyfel / cum forma & origo, quæ à radice sive ab initio ducitur, in quolibet deriuatio reperiatur, in omnibus rebus, omnibusq; negocijs originem atq; initium præcipuè attendendum, & secundum illud de tota re, sive toto negocio censuram faciendam esse.

Item, omnèm prorogationem etiam simpliciter factam censeri non modò eiusdem naturæ & qualitatis cum primo, verum etiam illud ipsum primum dici durare.

Darauß

40

Darauß dann Syndici eygnem Bekentnuß nach/ nun mehr vnuerneinlich folget / wann gleich König Rudolph Burggraf Friderichen das Burggrafthumb / welches sein F. G. allbereit vor der zeit / vnd bey regierung König Conrads inngehabt vnd verwaltet / nur simpliciter, vnd nicht außdrücklich mit dem vicariatu perpetuo, vnd omni iudicio in prouincia Noribergensi prorogiret vñ erblich verliehen hette/ daß doch sein F. G. vnd derselben Nachkomende Burggraven nichts desto weniger die fraischliche Obrigkeit im gantzen Burggrafthumb der Nürnbergischen prouintz / wie sie die zuuor bereit gehabt/ bekommen vnd behalten hetten/ für Eins.

Zum Andern / nimbt Anwaldt für gerichtlich bekant an/ daß Syndicus mit nicht verantworten dises orts abermals gestanden / vnd gestehen hat müssen / daß König Rudolph Burggraf Friderichen / nicht alleine mit der Comitia Burggrauñ in Nürnberg / ( welcher denn das gantze territorium & districtus Noribergensis, auch die iurisdictio merum & mixtum imperium, & omnia regalia anhengig/ ) sondern auch mit dem vicariatu perpetuo in prouincia Noribergensi, vnd zu dem / mit dem iudicio prouinciali in Nürnberg/sive omni iudicio in prouincia Noribergensi beliehen habe / Welches bedes bañ/ videlicet vicariatus perpetuus & omne iudiciumgleicher weise/ omnimodam iurisdictionem merum & mixtumimperium, Item, & Regalia in sich begreiffen.

Darauß dann nunmehr Syndici eygnem bekantnuß nach / gleicher gestalt vnuerneinlich folget/ daß eben durch dieselben belehnung Burggraf Friderich vnd seiner F. G. Nachkommen / im gantzen Burggrafthumb der Nürnbergischen prouintz / territorio districtu, vnd an allen orten/ so vmb Nürnberg gelegen/ nicht alleine iudicia Ciuilia sive iurisdictionem simplicem, sondern auch iusticia criminalia sive merum & mixtum imperium, vnd also auch die hohe fraischliche Obrigkeit erlangt vnd bekommen habe.

Vnd beruhet klagender Anwaldt nochmals auff seine bericht/ den er bey weyland Marggraf Friderichs Churf. schreiben/ Año 1444. datiret/ in triplicis gethan hat/ nemlich/

G iij daß

daß derselbe Marggraf Friderich Churfürst / da gleich sein Churf. G. Keyser Friderichs delegatus gewesen / hette sich als ein mechtiger Churfürst vnd Kriegsherr / vmb die Gerichtliche proceß nichts bekümmert / sondern hat dieselben seinen Räthen beuolhen gehabt.

Da nu gleich dieselben im proceß hetten schreiben lassen/ daß Nürnberg vermögs jrer priuilegien / an frembde vnd eussere Gericht nicht solte gezogen werden / so wer doch daß selbig den Burggrauen an jrer fraischlichen Obrigkeit nicht nachtheilig / auch im falle / da gleich Marggraf Friderich Churfürst dasselbe / was also von seiner Churf. G. Dienern in dem angezognen proceß geschriben würden / selbst gewüst belibet/ vnd ratificiret hette.

Daß aber dises auff das jenige / was Syndicus auß Berürtem schreiben vermeintlich hat inferirn wöllen / keine vnbescheidene verantwortung sey/ das zeucht sich Anwaldt auff die verordnung gemeiner Beschribenen Rechte / in welchem lauter versehen / quod confessio procuratoris voluntaria, potissimum autem domino absente facta, & in alia causa, non noceat domino. Item, quod confessio Vasalli super feudo, non præiudicet successoribus illius.

Gleicher gestalt beruhet Anwald nochmal auff seinem bericht / den er bey dem Fürstlichen schreiben mit NNN. in triplicis gethan hat/ Nemlich/ daß dasselbe zu Augspurg auffgangen sey / da jr F. G. bey jrer Canzley vnd händeln nit gewesen/darumb sey es ein error, manglung halber berichts/ vnd könne nichts binden.

Daß aber dises kein vnerbare verantwortung / wie es iniuriantischer Syndicus anziehen will / das referirt sich Anwaldt gleicher gestalt auff die verordnung der Recht / in quibus expressè statuitur, Licet nemo præsumatur in facto proprio errare, attamen in principe propter multitudinem & concursum negociorum, & errorem & ignorantiam præsumi.

Also auch beruhet klagender Anwaldt ferner auff deme/ was er seiner/vom Syndico mit vngrundt/ angezogner bekentnuß halben / sub rubr. vom Schloß/ ꝛc. berichtet hat/ wil auch seine widerlegung in triplicis hieher repetirt haben

Vnd

Vnd sagt klagender Anwaldt nochmals/daß alle vnd jede von dem Rath zu Nürnberg producirte vermeinte brieff liche vrkunden/ so ferne dieselben den Burggrauen zu Nürn berg als schädlich verstanden werden möchten/ entweder nur mandata temporalia & personalia, vnd dern ratio & causa finalis vorlengst verloschen/Oder aber propter defectum pote statis & voluntatis nichtig/ Vñ vber das/durch Carolum quartum vnd alle nachfolgend Keyser vnd König im Reich/ cum clausula præcepti de non allegando vel utendo gentzlich cassiret, annulliret, vnd getödtet worden sein/ der gestalt vnd also/daß ein Rath zu Nürnberg/ sich mit denselben Briefen nicht zu be helffen hat/ Sondern eben dardurch/ daß sie dieselben Briefe aufgebracht / producitet / vnnd noch heutiges tages ge brauchen/ jr Kön. Mt. vnd deß heiligen Römischen Reichs schwere vngnade verwürcket / wie dises in triplicis bey den Confirmationibus mit mehrerm deduciret, da denn auch notturfftig erwisen. Licet Imperator sit Dominus totius Mundi: tamen ipsum non posse concurrere in iurisdictione cum Burggrauijs in prouincia Noribergensi, cum ea sit Burggrauñs per contractum feudi & quidem sub signo uniuersali concessa.

Vnd weil Syndicus abermals so harte vermeinen darff / damit nun sein vnuerschämbte negationes contra evidentiam iuris desto mehr an tag gebracht/ vnd die warheit geburlich geschützt werde / so sagt Anwaldt in allen Rechten ergründet sein / Quod non liceat principi à contractu recedere, aut ius quæsitam ex contractu aufferre. L. Cæsar. ff. de publicanis c. j. & ibi dd. ext. de probat. c. j. & ibi Bal. de natura feudi Ias. cons. j. nu. j. lib. j. Ay. Crauet. in tract. de antiquit. temp. j. par. in pr. nu 17. latè Gabr. Roma. in tract. conclus. & Re. iuris lib. 3. tit. de uno quæsito non tollondo, Etiamsi contractus ille fuerit initus cum subdito DD. L. digna vox. C. de ll. dd. d. c. j. ext. de pbatio. Alex. cons. 54. nu. 13. lib. 4. Andr. Barbat. cons. j. lib. j. & cons. j. col. 4. lib. 4. Dec. c. j. Lect. 2. nu. 6. ext. de constit. Bal. L. princeps ff. de LL. Argto L. ex. hoc iure ff. de iustitia & iure iuncto §. sed naturalia instit. de iure naturali Gent. & ciuili.

Neq; enim sicut ius Ciuile ita & naturale infra se positum habet c. fin. dist. 9. Bal. L. 2. col. 7. C. de ser. & aqua Abb. cons. 74. lib. j. Barbat. cons. ult. col. pen. lib. j. Ias. d. cons. j. col. j. vers. præterea dicit Baldus lib. j. Etenim ( ut Plutarchus ait) quis principi prin princeps erit? certè lex, quæ omnium Regina est mortalium atq; immortalium, teste Pindaro, unde & Baldus scripsit in cons. 345. col. 2. lib. 1. Rationem naturalem esse principe potentiorem.

Estq; hoc usq; adeò verum, ut etiam plenissimæ potestatis amplitudo non prosit principi ad contractum dissoluendum Abb. d. cons. 74. P. de Castro & dd. L. digna vox. Bal. c. 1. §. adhæc col. 5. vers. ibi nota, de pace iur. fit. Bal. d. c. 1. de natura feudi Ias. d. cons. 1. col. 1. vers. non obstat quod Imperator & col. 3. vers. nec obstat, secundum eum. Dec. d. c. 1. nu. 6. ext. de constitut. Dec. cons. 151. nu. 11. & cons. 689. nu. 7. Ripa lib. 2. respons. cons. 19. nu. 20. Ay. Cravet. in tract. de antiquit. tempor. 1. par. in prin. nu. 17.

Similiter hoc est usq; adeò verum, ut princeps præsumatur circumventus, adeo ut non admittatur probatio in contrarium, qui resciderit acta sua. Bal. cons. 327. col. 2. lib. 1. Ay. Cravet. d. par. 1. nu. 12. Dec. L. nemo p̄t nu. 4. ff. de R. I. vel ab æquitate seiunctum rescripserit Dec. cons. 588. Id quod ut de se aliquid iniquum rescribente sibi persuaderent palàm rogasse Antiochum Regem memoriæ proditum est.

Nec est hoc principi inutile, Si enim arbitratu suo posset recedere à contractu, posset idem & altera pars. L. fin. ff. de accept. L. fin. C. de indict. vid. tollenda. vel potius nemo cum eo contraheret. Bal. cons. 401. Lib. 4. Et sic princeps hominum commercio eximeretur, quod esset tetrum ac detestabile.

Quomodo Plinius Lib. 6. cap. 22. tradit in Traparbane Insula quondam Reges, si quid delinquissent, morte mulctatas, verum nullo interimente, sed adversantibus cunctis, & commercia sermonis etiam negantibus. Atq; hac ratione ex illius contractu etiam is qui in eius locum succedit, obligatur, secundum communem dd. sententiam Ias. L. 1. col. 4. ff. de constit. princip. Alex. cons. 124. col. 1. Lib. 1. dd. c. 1. ext. de pbatio. Tum quia non minus à contrahendo omnes abstinerent, si eundem conuentionis & vitæ principalis terminum arbitrarentur.

Tum quia quilibet authoris sui factum, præstare debet L. cum à matre C. de rei vendit.

Tum etiam quia non alius videtur hodiernus princeps ab eo, qui seculis ante hunc puribus fuit Arg L. proponebatur ff. de iu. dicijs.

zum

42

Zum Andern/ sagt Anwaldt in allen Rechten ergründet sein/ licet Imperator sit Dominus Mundi: tamen ipsum non posse concurrere in iurisdictione cum Vasallo.

Nam princeps est Dominus mundi, non ut malè, sed ut bene agat, Bal. cons. 327. col. 1. lib. 1. Ne fons iniuriarum sit, qui est legum c. illud 8. q. 1. Vnde factum in abusum potentiæ, Iurist. dixerunt impotentiam, quæq; per eiusmodi abusum fiant, impotenter fieri, & tunc non esse potestatem, sed tempestatem. Socin. cons. 126. col. pen. lib. 3. Ay. Cravet. in tract. de antiqui. temp. 1. par. sect. 1. nu. 4.

Similiter licet superior concurrat in iurisdictione cum inferiore: tamen non hoc procedit, si illam alicui iufeudum concesserit. Fel. c. pastoralis col. 3, limit. 6, ext. de offic. ordin.

Ferner sagt klagender Anwaldt nochmals/ das angezogene Fürstliche schreiben/ sey zu Augspurg in werendem Reichstage auffgangen/ wie auß dem dato zubefinden/ da Anwaldts gnediger Fürst vnd Herr/ bey seiner F. G. Cantzley vnd händelen nicht gewesen/ keinen Bericht gehabt/ sondern stracks ohne eingenommene Bericht den Brief geschrieben/ darumb sey es ein error.

Wie dann solcher error eben damit erwiesen wirdt/daß jr. F. G. schreiben/ es sey jr gemüth vnd meynung nicht/ dem Rath zu Nürnberg die Obrigkeit in den zweyen Dörffern/ als Almußhof vnd Mauntzenhof streitig zumachen/ da doch die Obrigkeit in beyden berürten Dörffern/ in der vbergebenen Klage volfürtem beweiß/ vnd allen acten/ vermöge habender vniuersal iurisdiction, im gantzen Burggrafthumb/ von jrer F. G. gestritten wirdt/ wie Syndici Principaln in jren eygen supperaddirten Dörffer auch selbs bekennen.

Vnd weil die Rechte vber das vermuthen / quod nemo præsumatur suum iactare, sonderlich da jme ein groß præiudicium möchte auffolgen / so hat Anwaldt in tripliicis nicht vnbillicher weise gesetzt / wenn gleich der Briefe auß gnugsamen bericht geschrieben wer / wie doch nicht geschehen/

so

so wer es doch so krefftig nicht/ daß er die Landsfürstliche
Obrigkeit/ Keyserliche Briefe vnd verträge/ vnd den Bundi-
schen Spruch auffheben köndte/ Item/ es wern nun verba
gratificatoria, quæ nihil disponunt, nihilq; obligant.

Vber das sagt klagender Anwald nochmals/ ein Rath
zu Nürenberg sey durch der Burggrauen inuestituras, aureas
bullas, confirmationes & priuilegia vilfeltig vberzeuget/ daß
sie vor verkauff der Burg/ (Castri Burggrauiatus) gantz vnd
gar keine Obrigkeit/ auch in der Statt gehabt haben.

Dann es wird sie in infeudatione Rudolphi & in omnium
aliorum Imperatorum inuestituris, aureis bullis, confirmationibus & priuilegijs, das iudicium prouinciale in Nürnberg/ siue
iudicia in prouincia Noribergensi, von dem iudicio in der Statt
Nürnberg außdrücklich distinguiret, vñ in diuersa oratione gesetzt.

Item/ es stehet in vorberürten Keyserlichen vnd Königlichen inuestituris, daß die Keyser vnd Könige den Burggrauen die Gerichte ausserhalb der Statt/ in der Nürnbergischen prouintz/ territorio, Bezirck vnd districtu gar vñ gentz-
lich/ Aber von den Gerichten in der Statt zwey theil in feudum concediret/ vnd den dritten theil für sich behalten haben.
Ita nanq; sonant verba in inuestitura Rudolphi: *Officialis eiusdem
Burggrauij, vná cum Sculteto nostro in Ciuitate Nurnberg, iudicio
præsidebit, & quicquid emolumenti de ipso iudicio, uel per homicidiũ,
uel quencunq; casum alium prouenerit, Idem Officialis duas partes
eiusdem uictus per se tollet.*

Vber das hat König Rudolph in vorberürter inuestitur verordenet/ daß jr Mt. Schultz zu Nürnberg/ von wegen der zweyer reseruirter theile/ an den Gerichten inn der
Statt Nürnberg/ den Burggrauen zinsbar/ vñ vnterworffen sein solten.

Mit was vnuerschemenheit nun Syndicus solches habe läugnen/ vnd den Key. vnd Kön. inuestituris zuwider habe setzen dörffen/ daß der Rath zu Nürnberg/ auch für verkauffung der Burg/ (Castri Burggrauialis) die Obrigkeit inn
der Statt gehabt hette/ stellet Anwaldt E. F. G. vnd derselben hochverstendigen Beysitzern zuermessen anheim.

Vnd

Vnd findet sich auß disem/ wie auch auß allen andern deß Syndici inficiationibus, quòd in illo ipso depræhendatur id, quod ipse in actore reprehendit.

Item, quod omnia Syndici maledicta, in actorem emissa (als daß er jne für einen vnerbarn/ Item/ als eine glaublosen Africaner, vnd der seiner Ehr vnd æstimation nicht achtet. Item, in quo desierit omnis pudor, & cui nihil supersit neqʒ iudicĩj, neqʒ conscientiæ, vnd mit dergleichen Ehrnrührigen auflagen/ fälschlicher vñ erdichter weise anzeucht/) ad illum ipsum Syndicum redundent, Ita ut tantum fuerit disertus in suum proprium convicium, & sui ipsius fuerit professus iudicium. Quomodo de plerisqʒ philosophorum scripsit Seneca in exhortationibus, quod sint diserti in convicium suum, quos si audias in avariciam, in libidinem, in ambitionem perorantes, iudiciũ sui putes professos, adeò redundant in ipsos maledicta in alios èmissa, quos nos non aliter intueri decet, quàm medicos, quorum tituli remedia habent, pixides Venena.

Wie sich denn deß Syndici erbarkeit auch auß dem öffentlich Gesindet/ daß er den Versicul auß Anwaldes triplicis incip. ꝛc. Vnd wiewol der Marggraf niemals gesochtẽ/ꝛc. eben dermassen allegiret/ wie der Teuffel den Psalter.

Dann sich Anwaldt daselbst im geringsten nicht gefangen gegeben/ sonder wie er mit vilen veris & immotis fundamentis tam facti quam iuris vberflüssig dargethan vnd außgeführt/ daß der Burggraf an statt Key. Mt. im Landgericht sitze/ als ein Fürst deß Reichs/ von wegen deß Burggrafthumbs vnd der Herrschafft zu Nürnberg/ prout ad literam sonat & aurea Bulla Caroli Quarti, & confirmationes electorum super eadem, Vnd aber Syndicus dem Landgerichte derentwegen/ daß darinnen nur Burgerliche sachen aufgetragen werden sollen/ die hohe Fürstliche vnd fraischliche Obrigkeit nicht gestendig sein wöllen/ da jme doch solcher seiner Behelff vom Anwalden vilfältig perimiret vnd abgelehnet/ Als hat Anwald letzlich gesetzt/ wiewol der Marggraf nie hart gesochtẽ/daß S.F.G. von wegẽ desselben Lantgerichts/ ein hohe Obrigkeit oder territorium vmb die Stat Nürnberg habe/ sonder die Obrigkeit vñ territorium stecken sonderlich in

H Comitia

Comitia Burggrauiæ vnd perpetuo vicariatu, welches ein Fürstenthumb deß Reichs ist / vnd darinnen die Statt Nürnberg / mit allen jrn Gütern / sie heissen wie sie wöllen / selbst mit gelegen. So ist es doch auch an deme / daß die Burggrauen nicht schlechts mit der iurisdiction ( in quibus terminis loquuntur dd. ab aduersa parte citati ) sonder vber das / mit der iurisdictione prouinciali in Nurnberg, siue in Noribergensi seind beliehen.

Vnd acceptiret demnach Anwalds alles vnd jedes / was beim punct deß Landgerichts in triplicis mit mehrem dargethan vnd auffgeführt.

*Lehen / Bundtisch spruch.* Vnd weil Syndicus das jenige / was Anwaldt der Lehen vnd deß Schwäbischen Bundes Decrets ( dadurch den Marggrauen das merum imperium zuerkant worden / ) in triplicis rechtmessiger Beständiger weise deduciret, mit dem geringsten nicht abgelehnet / Als nimbt Anwaldt solchs hiemit für gerichtlich Bekant an / vnd lest es cum simplici repetitione priorum, geliebter kürtze halber / darbey bleiben.

*Schloß vnnd Landvogtey.* Daß die Burggrauen Herrn zu Nürnberg gewesen / die hohe Fürstliche fraischliche Obrigkeit vnd Gerichte / ausser vnd inner der Statt gehabt / vnd daß die Keyser jhnen dieselben iudicia in Nurnberg, & tota circumiacente prouincia geliehen / vnd baß sich die Imperatores per concessionem Burggrauiatus & iudicij prouincialis infeudum, aller iurisdiction abdicirt.

Solchs hat Anwaldt hiebevor in triplicis, vnd obenmehr denn vberflüssig erwisen / daß sich wol zuverwundern / wie Syndicus so vnuerschämbt sein könne / weil er König Rudolphs inuestituram darauff erfolgte auream bullam, Item, Alberti inuestituram, Item, Caroli Quarti auream bullam, vnd denn der fünff Churf. deß Reichs confirmationes vber berührte Bullam Caroli Quarti gesehen / vnd gleichwol solches verneinen dörffen.

Vnd hat Anwaldt nicht alleine nirgends gesetzt / daß die Landesfürstliche vnnd Fraischliche Obrigkeit ein pertinentz

pertinentz oder zubehör deß Burggräuischen Castri gewesen/ Sondern das Contrarium hat er vilfältig angezogen vnnd erwiesen/ Nemlich/ daß die Landsfürstliche vnd fraischliche Obrigkeit/ kein pertinentz vñ zubehör deß Burggrafthumbs sey/ vnd daß die Landsfürstliche vnd fraischliche Obrigkeit/ als ein zubehör vnd pertinentz deß Burggrafthumbs/in verkauffung deß Burggräuischen Castri außdrücklich excipiret/ vnd den Marggrauen sey vorbehalten/ vnd reseruiret worden.

Mit welchem dann an jme selbst sich abgelehnet/ was Syndicus abermals mit vngrundt anzeucht/ als solte die Landfürstliche vnd fraischliche Obrigkeit/ ein zubehör deß Keyserlichen Schlosses sein/ vnd den Landvögten vnd præfectis die Key. vnd Kön. Mt. auff dem Keyserlichē Schloß gehabt/ für vnd für zugestanden/ biß dasselbe Schloß der Statt zugestellt worden.

Vnd solte Syndicus rumpiern/ so sagt doch Anwald nochmals/ wenn sich die von Nürnberg eyniger Landvogtey/in præiudicium Burggrauiorum rümen/so sey es eine erdichte Landvogtey/ wie daßelb hievor in andern schrifften/ sonderlich aber in triplicis vnd der Rubric Landvogtey/ weitleuffig außgeführt/dauon hieunden auch weitere außführung geschehen soll/ dahin sich kürtz halben gezogen würdet.

Vnd dieweil Syndicus/ qui ut Vulcani ( quomodo Comicus ait ) igniti filius, quosquos tangit, comburit omnes, nach deme er Anwalds fundamenta nicht hat soluiren können/abermals ansehet/ schmehkarten auffzuwerffen/ vnd klagenden Anwald für einen durstigen/ vermessenen/vnd inuidum schilt/ der kein Ehrnbiderman zuheissen sey/ vnd facta coram duodecim testibus notata negirn dürffe/ als hette Anwaldt gnugsame erhebliche vnd gelegene vrsachen/ Syndicum nach würden vnd verdienst zu reprehendirn/ potisſimum cum publicè interſit, ut qui alijs maledicit ipſe malè audiat, & nulla ſit iuſtior lex, quàm ( ut Poëta ait ) Necis artifices arte perire sua, pro ut etiam antiquiſsimus Poëta, Heſiodus in suo Oraculo concedit, ut huiusmodi viris,duplicato fœnore, conuicia regerantur.

H ij Es

Es will aber Anwaldt zu seiner Ehrn notturfft/ iniuriantischem Syndico hierauff jetzo nichts anders antwortten/ dann daß er jhme solches alles fälschlich andichte/ vnd daß er eben derselbe Mañ sey/ wie er Anwalden gantz Ehnrührig mit vnwarheit anzeucht.

Dann daß Anwaldt je vnd allwegen darauff gedrungen/ vnd noch/ daß das Burggrafthumb ein Fürstenthumb sey/ vnd den Burggrauen mit allen Gerichten vnd Obrigkeiten von den Römischen Keysern vnd Königen geliehen/ Vnd daß derowegen die Burggrauen für sich haben/ der Rechte vermutung/ daß alle die Wälde/ Stätte/ Flecken/ Märckte vnd Dörffer/ im Burggrafthumb der Nürnbergischen prouintz gelegen/ J. F. G. mit allen Gerichten vnd Obrigkeiten zustehn/ also daß der Rath zu Nürnberg ein anders hette beweysen müssen/ welches aber nicht geschehen/ Derentwegen kan je Anwaldt nicht für vnehrlich/ vntrew/ vnd der facta coram duodecim testibus notata negim dörffe/ gescholten werden/ weil dises sein fürgeben in allen Rechten begründet.

Vnd wann Anwaldt deßhalben gescholten wird/ so werden alle Rechtslehrer/ wie die in triplicis inn grosser anzal angezogen/ an jhren Ehrn angriffen/ Jn sonderheit aber/ wird summus nostræ ætatis iurisconsultus Henningus Goeden gantz gröblich iniurijrt/ Dann derselbe hat in terminis nostris, pro Burggrauñs Noribergensibus dermassen de iure respondiret in cons. 42. ubi sub num. 13. hæc sunt formalia ipsius verba: Deinde quod F, vnã cum iurisdictionibus & superioritatibus suis pertineat ad principem nostrum, ita ostendi potest, Quia prouincia, territorium, seu Burggrauiatus nomen vniuersale est, compræhendens omne quod est intra fines suæ vniuersitatis.

Daß Anwaldt weiter gesetzt/ wenn gleich sonderliche præfecti vnd Landvögte gewesen/ vnd Befelch gehabt haben solten/ mit Blut zustraffen/ wie doch keines weges eingereumet wird/ so wern doch alle dieselben Befelch an jhnen selbst nichtig/ Cum propter defectum potestatis, tum propter defectum voluntatis.

Solches

Solches hat Anwald nicht bloßlich vnd verbotenus alleine allegiret/sondern hat auch dessen veras & imotas rationes ex facto & iure angezogen/ welche vom Syndico mit dem geringsten nicht haben wider leget werden könen/ Nemlich/ weil es zu Rechte versehen: Quod Imperatores per concessionem Burggrauiatus & iudicij prouincialis in feudum omnem iurisdictionem in prouincia Norimbergensi à se abdicarint, illamq; intelligantur concessisse Burggrauijs, non cumulativè sed privativè, Vnd aber deme zuwider fürgegeben werden wolte/ daß dieselben Keyserliche præfecti vnd Landvögte/ mit Blut zu straffen macht gehabt/ so müste folgen/ daß die Keyser jhre pacta & conventiones super hoc cum Burggrauijs per inuestituram habitas, infringiret, vnd revocirethetten/ welches je Mt. als im Rechten verbotten/ nicht gebüret/ per iura & authoritates in triplicis allegatas, für Eins.

Zum andern/ hat Anwaldt auch dise vrsachen vermeldet/ wann es gleich ohne den defectum potestatis in concedente gewesen sein solte/ so wern doch dieselben Concessiones ex alio capite, nempe ex defectu voluntatis nichtig/darumb daß in denselben/ de prioribus investituris, quæ Burggravijs factæ sunt, keine Mentio geschehen/Weil zu Rechte außdrücklich versehen. Quod ubicunq; secundum rescriptum, concessio, vel privilegium, non facit mentionem de primo rescripto, concessione, vel privilegio alteri concesso, quod tunc non operetur derogationem primæ, Nec per tale secundum privilegium videatur primum revocatum, sed posterius per subreptionem intelligatur esse impetratum per iura & authoritates in tripilcis allegatas.

Damit aber hat Anwald den Keysern keine lehre gegeben/ noch disciplin eingelegt/ Vil weniger aber jhnen jhre gwalt vnd macht gemessiget vnd eingezogen/ Wie Syndicus/ Anwalden dardurch zuuerunglimpffen/ fürgeben will.

Sonder die gemeine Beschriebene Recht/vnd die Keiser selbst haben jnen dises falles/ jre macht vnd gwalt dermassen constringreit, vnd dignam vocem Maiestate regnantis erachtet/ legibus alligatum principem se profiteri.

H iij Vnd

Vnd iſt ein lauter erdichter vngrundt/ als ſolte Anwaldt auß deme/ daß den Burggrauen das Burggreuiſch Caſtrum, von den Keyſern vnd Königen am Reich iſt concediret worden/ alle iurisdictionem vnd regalia haben erzwingen wöllen / da doch Anwaldt ſtets für vnd für das contrarium geſetzt/ vnd vilfeltig deduciret hat/ Nemlich/ daß die Landsfürſtliche vnd fraiſchliche Obrigkeit / nicht ein pertinentz vñ zubehör deß Burggräuiſchen Caſtri, ſondern deß Burggrafthumbs ſey/ vnd daß ſie auch derentwegen inn verkauffung deſſelben Burggräuiſchen Caſtri außdrücklich excipiret / vnd den Marggrauen ſey vorbehalten worden.

Wälde.    Es iſt in triplicis angezeigt/ daß Syndicus ſelbſt zu diſer reiterirten Rubric vrſach geben hatte / weil er dernthalben auß Keyſer Ludwigs vnd Caroli freyheit / allerley mit vnterſprengen hat wöllen / welches Anwaldt widerlegen hat müſſen / Vnd hette derowegen Anwaldt vom Syndico mit den Ehrnrührigen vnd dergleichen anzügen/billich verſchonet bleiben ſollen / aber wie die vngelehrten Theologi/wenn ſie nicht ſtudieret/ zu ſchelten pflegen / Alſo thut Syndicus auch / weil er nicht ſoluiren kan / leget er ſich auff ein andern weg/ vnd fehet an/ſolche ſeine farditatem ſolutionum, promtpitudine conuitiorum zu compenſiren.

Dann daß die Wälde nicht ſecundunm quid, & quo ad certa quædam particularia iura tantum, ſondern ſimpliciter den Burggrauen zugeſtanden ſein/ ſolchs beſagt die Confirmatio Sigismundi, vber den Kauffbrief der Wälde klärlich / da ſein Key. Mt. öffentlich aſſeriret/ daß die Wälde der Burggrauen geweſen/ Derwegen dañ Syndicus je ein küner menſch ſein müſſe/ der die Key. Mt. ſelbſt pertulantiæ vnd verkehrlicher erdichter aſsertion bezüchtigen darff.

Vnd hat Syndicus nicht ein einige Keyſerliche conceſsionem oder confirmationem producirn können/ damit zu erweyſen ſein möchte/ daß die Burggrauen die Wälde nie verkaufft hetten/ die auch nie innegehabt/ noch jhre geweſen/ Sonder alle Herrligkeiten vnd Obrigkeiten/ weren one mittel

mittel der Keyser vnd das Reich/damit niemand jemals be/
lehnet werden sein solte / dann ein Rath zu Nürnberg / von
gemeiner Statt wegen.

So will auch Anwaldt Syndico trotz gebotten ha/
ben/ daß er das geringste impertinens demonstrire, vnd anzey/
ge/ welches Anwaldt bey den Wälden eingeführet hette.

Dann dises ist je kein impertinens, daß Anwald gesetzt/
ein Rath habe die Wälde von Burggrauen/ vnd nicht vom
Reich erkauffet / weil sie den Kauffbriefe selbst producieret/
vnd vber das auff den achtundzweinßigsten articul bekant
vn̄ lauter gesetzt/ daß Marggraf Friderich die beyde Nürn/
berger Wälde/ mit allen ein vnd zugehörungen / Rechten vñ
Gerechtigkeiten/ so jr F. G. darinn vnd daran gehabt / jnen
verkaufft habe.

Also auch ist es kein impertinens, daß Anwaldt einen
Brief zwischen Burggrauen Friderichen dem Jüngern/ vnd
denen von Nürnberg/ Anno 1391. datirt / vbergeben/ da/
rinn sich der Burggrafe verbindet/ daß S. G. alle desselben
Erben vnd Nachkommen / jre Ambtleute / Förster / vnd je/
mand anders von jrntwegen den Wald / vñ desselben Wal/
des hölzer vnd böden/ sambtlich vnd besonder / zu keiner
weiß ewiglich nicht verkauffen sollen / vnd jedes zuuerkauf/
fen niemands gestatten sollen / Wie es in triplicis hieuor auch
angezogen/ vnd es Syndicus stillschweigend bekant/ das al/
so hiemit angenommen.

Dann auß disem allem/ ist öffentlich vnd lauter am ta/
ge/ daß die Wälde vnd derselben Holtz vñ böden/ der Burg/
grauen gewesen sein.

So bleibet auch Syndici blößlichen widersechtens/
vngeachtet nochmals vnabgeleynet / daß die Zedelgerichte
nichts anders sein / dann wie andere Gerichte / so die zunffte
haben / daß auch dieselben geschehen vnd gehalten werden/
allein in krafft deß Kauffs der Wälde/mit den Burggrauen
getroffen.

H iiij Dann

Dann was Keyser Conrads briefe anbetrifft/darinnen Conraden Strommair/vnd seinen Erben das Gubernium foresti in Nürnberg gegeben wird/erscheinet auß demselben Keyser Conrads briefe nichts/Neq̃ de proprietate, neque de iurisdictione, daß dieselben den Strommair gegeben sein solten/sondern nur alleine/daß er den Strommairn den Wald zu gubernieren/ vnd zu regiern dermassen befolhen habe/ ut ultra ius percipiendi certa quædam emolumenta ex saltu, etiam essent custodes saltus, & haberent potestatem puniendi eos, qui vastarunt saltum, aut aliter incidendo ligna, contra legem saltui datam peccarent.

Vnd darff Syndicus deß gubernij halben / souil wesens nicht machen/ dann es vngezweiffeltes Rechtens/ quod is, cui committitur gubernium vel Regimen saltus, Ciuitatis, Castrorum, vel Villarum, tantum intelligatur præpositus administrationi, redituum, saltus, Ciuitatis, Castrorum vel Villarum, nihil prorsus autem possit, pertinens ad merum seu mixtum imperium. Bal. L. j. C. de excusat; muner. lib. j o, Natt. cons. 636, num.126. & 127.

Vnd ob gleich bey König Conrads zeiten/das Burggrafthumb zu Nürnberg / bey dem Geschlechte der Grauen von Zollern noch nicht gewesen sein solte / so sein doch allbereit die zeit andere Burggrauen zu Nürnberg gewesen / qui tanq̃ vicarij Imperatoris omnem universam iurisdictionem, in tota provincia Norimbergensi, & sic etiã in foresto exercuerunt.

So erstrecken sich auch alle andere Briefe / so die folgenden Keyser den Strommairn gegeben / weiter nicht/ dann nur auff etliche emolumenta ex saltu, & potestatem puniendi, secundum legem saltui datam.

Dann Keyser Heinrichs Briefe/vermögen alle sambtlich kein wort/ weder von dem eygenthumb/ noch von dem Gerichte / Sondern der erste ist nur ein Befelch/ an die Strommair/ vnd ander Fürsten vnd zeidler/ ut Sylvam extirpatam redigant rursus in Sylvam, vñ daß sie den Wald sollen verwa-

verwaren/damit er nicht schaden neme/welches dann die Key. Alt. ratione sui directi dominij zůbefehlen/gut fůg vnd macht gehabt/p tex. expressum in L. si ita legatus §. dominus ff. de usu & habit. ubi dicitur: Dominus proprietatis, etiam inuito usu fructuario, vel usuario fundum vel aedes, per saltuarium vel insularium custodire poterit interest enim eius fines praedij tueri.

Der ander Keyser Heinrichs Briefe/bringt auch nichts anders mit sich/denn den Wald zuuerwaren/damit er nicht verwüstet werde/Vnd stehet nicht/daß der Rath zu Nürnberg die Verbrecher/vnd so im Walde schaden thon/richten solle/Daß also diser ander Keyser Heinrichs Briefe/Anwalds gnedigen Fürsten vnd Herrn nicht zuwidern/wie hieBeuor in triplicis stattlich dargethan vnd auffgeführet.

Der dritte Keyser Heinrichs Briefe/vermag auch kein wort von den Gerichten/sondern nur ut sylvam extirpatam rursus redigant in sylvam, vnd ist eben durchauß deß innhalts/wie der erste.

Vnd ob wol in Keyser Ludwigs Briefe stehet/daß die Richter zu Nürnberg/vnd die Burger macht haben solten/zu straffen an Leib vnd Gut/so stehet doch die limitatio dabey/daß sie nur die zustraffen haben sollen/welche wider die vorgeschribne Articul/& sic incedendo ligna contra legem saltui datam delinquirt hetten.

Dann was die macht vnd gewalt antrifft/auch beeden Wälden ordnung zugeben/dauon doch inn Keyser Ludwigs Briefe nichts/sondern nur in einem vidimus deß Abts zu Sanct Egidien gedacht wird/Befindet sich auß berührtem vidimus, daß dieselben statuta vnd Ordnung/nur die administrationem, nicht aber die iurisdictionem betreffe.

Vnd stehet vber das außdrücklich/quòd poena debeat Imperatori, non autem Ciuitati cedere.

Inn

Inn Keyser Carls erstem Briefe / wirdt den zeidlern nichts mehr / dann jre Gerechtigkeit der Zeidelguter halben renouirt, als nemlich / daß sie von jhren Zeidelgütern keinen Zoll geben / noch jrer zeidelguter halben für sonst jemands / denn für dem zeidelmeister zu Feucht / Recht geben vnd nemen sollen / Vnd ist hiebevor vermeldet / daß das zeidelgericht nichts anders sey / dann andere Gerichte / die andere Zünfft haben / So weiß man auch wol / daß solche Gericht nichts destoweniger dem superiori cumulative mit gebüren / per tex, expressum in l. fi. C. de iurisd. om. iudic. Vnd ob wol mit angehangen / was für todschläg inn den Gerichten geschehen / daß die straffe den Landvögten zugehöre / so ist doch derselbe Briefe / Anno 1350. datiret / vnd also tempore negligentiæ Burggrauiorum aufgangen / wie J. F. G. das Glait auffm Lande ligen lassen / Vnd wann er je anderer gestalt gedeutet oder verstanden werden köndte / so were er doch propter defectum potestatis & voluntatis nichtig / were auch hernachmals von Keyser Carl selbst widerumb cassiret vñ auffgehoben.

Vber das ist in keinen Keyserlichen Briefen / so Syndicus eingelegt / ein einig wort von leyhen oder concedirn, sondern alles ist nun befolhen vnd committirt worden ad tempus, vnd sein darzu dieselben Brief alle sambtlich tempore negligentiæ Burggrauiorum aufbracht / wie die Burggrauen die Wälde nicht geheget / mit allen sachen / wie sie billich hetten thun sollen / sondern die schwerlich haben verwüsten lassen, ut sonant formalia verba Caroli Quarti Imperatoris.

Daß also dieselben Briefe propter cessantem causam finalem, an jm selbst erloschen / vnd ohne das auch außdrücklich widerumb cassiret / vnd auffgehoben worden sein.

Vnd Syndicus mache sich so verwenth / wie er jmer wölle / so lest er dannoch den kauffbriefe vber die Wälde vngebissen / welcher außdrücklich vermag / daß die Wälde / sonderlich inn zeit deß verkauffs / auch so vil den eygenthumb anbetrifft / totaliter der Burggrauen gewesen sein müssen.

Dann

Dann die Burggrauen im verkauff der Wälde / dem Rath zu Nürnberg auch das Forstgericht vnd Forstrecht / außdrücklich mit verkaufft.

Vnd ob wol sonst stehet / sie haben jnen jre Recht an den Wälden verkaufft / Weil aber auch stehet / daß jr F. G. dem Rath / alles was zu den Wälden gehöret / verkaufft habe / nichts aufgenommen / dann allein die Wildpahn / Lehen vnd Glait / cum exceptio firmet regulam in casibus non exceptis, so folget vnuerneinlich / daß die Wälde totaliter der Burggrauen gewesen sein müssen.

Dann daß Syndicus / weil jme alle Behelff / so er inn seinen Replicis vnd Duplicis, auß den eingelegten vermeinten documenten hat erzwingen wöllen / von klagenden Anwalden / hiebeuor in triplicis gentzlich perimiret, widerlegt vnd genommen / sich jetz auff einen gerhümbten / aber doch niemals bißhero producirten Brief Caroli Quarti ziehen / vnd desselben briefs einen schein zumachen vnd darzuthun / erbieten thut.

Hierauff sagt Anwaldt / derselbe vermeinte Brieff sey niemals producirt worden / wie dann Syndicus selbst gestehet / Vnd weil nun der Beweiß nunmehr nicht alleine vor vilen Jaren publicirt vnd eröffnet / sondern auch Syndicus selbst seines theils allbereyt in causa concludiret, so möge Syndicus nunmehr für das Comicum, darauff er sich so vilfältig in seinen vermeinten conclusionibus gezogen / jetzo auch das Bucolicum, Tardi Venêre bubulci, jme hinwider gefallen lassen / für eins.

Zum andern / so ist auch das jhenige / so Syndicus mit demselben gerhümbten / vnd doch nicht producirten Briefe zuerweysen vermeinet / gantz vnd gar irreleuans, Dann es stehet kein wort darinn von der fraischlichen Obrigkeit / wie dann auch Syndicus selbst solches nicht allegiret.

Gleicher gestallt stehet auch kein wort darinnen von eygenthumb der Wälde / daß dieselben denen von Nürnberg allbereit die zeit eygenthümblich solten zugestanden sein.

Dann

Dann ob gleich dem Teutschen Hause verstattet worden/ mit zulassung eines Raths/ Bawholtz vnd Brennholtz zu seer notturfft in Wälden zuhawen/ so kan doch darauß ad dominium, daß dasselbe deß Raths zu Nürnberg allbereit die zeit gewesen sein solte/ keines weges inferirt werden. sondern weil der Rath zu Nürnberg allerley seruitutes, mit Kolhütten/ vnd sonst allbereit zu der zeit auff den Wälden gehabt. Item/ weil die Burggrauen die Wälde die zeit verwüsten lassen/ vnd dieselben propter negligentiam Burggrauiorum dem Rath zu Nürnberg ad custodiendum & redigendū rursus in sylvam. Item, ad puniendum illos, qui vel incedendo ligna vel aliter contra legem saltui datam, delinquerent, von den Römischen Keysern tanq̃ directis dominis ad tempus committiret vnd Befolhen worden/ als ist in dem vermeinten angezogen/ aber doch vnerwiesenen/ vnd nicht producirten laudo vnd confirmation, eben auß denen vrsachen gesetzt worden/ daß Baw vnd Brennholtz/ mit zulassung eines Raths gefellet vnd gehawen werden solle/ iuxta textum expressum in L. in concedendo ff. de aq. plu. arcend.

Vnd weil das angezogene/ aber doch nicht producirtes, vil weniger aber erwiesenes laudum, vnd darauff erfolgte confirmation, den Burggrauen/ tanq: utilibus dominis, inscijs & absentibus geschehen vnd gegeben/ so ist es auch alle sambtlich cum propter defectum potestatis, tum propter defectum voluntatis, an jhme selbst nichtig/ Ist auch vber das hernachmals widerumb außdrücklich cassiret vnd auffgehoben.

Darumb mag Syndicus mit disem gerühmbten/ aber doch nicht producirten vnd vnerwisenen Briefe/ wie auch mit allen andern seinen verloschenē/ nichtigen vnd casirten documenten wol daheimen bleiben.

Dann daß die Burggrauen eben die zeit/ wie diß gethumbts/ aber doch nicht producirts/ noch erwiesenes laudum vnd confirmation, geschehen vnd gegeben sein soll/ negligentes gewesen/ vnnd die Wälde haben verwüsten lassen/ solches ist in triplicis mit dem mehren theil der von

von Nürnberg selbst producirten Keyserlichen Befelhen vnd Commissionibus erwiesen/ vnnd vnder andern ist dieses mit Keyser Carls Briefe/sub litera O. deß Datum stehet Anno 1553. vnd also nur zwey Jar vor disem vermeynten Laudo vnnd Confirmation ad oculum demonstriret worden/ Darinn außdrücklich/ vnnd mit hellen claren worten stehet/daß die Burggraven die Wälde nicht heygen vnd hegen/mit allen sachen/ als sie billich thun solten/ sondern die schwerlich verwüsten lassen.

Syndicus hat auß Anwalden triplicis wol gespüret/ daß er mit der Waldstromair vnd Oberforstmeister gerechtigkeit/darauff er sich hiebevor mehres theils hat fundiren wöllen/nicht fortkommen köndte.

W. oftromair.

Vnd nimbt demnach Anwald für Gerichtlich bekannt an/das Syndicus mit nicht verantworten/selbst gestanden/ vnd gestehen hat müssen/ daß die Waldstromair vnd Forstmeister / kein merum & mixtum Imperium, deßwegen jetzo gestritten wirdt/gehabt haben.

Dann ob sie gleich Forstmeister genañt werden/so seind sie doch nichts anders gewesen/ dann nur Magistri saltus, & saltuarij, quibus præcipua cura saltus incubuit, & qui magis quàm cæteri, diligentiam & sollicitudinem saltui debuerunt argum. L. quibus præcipua. ff. de verbo sig. Wie dann die Keyserliche Maiestät solche Saltuarios sive magistros saltus, in den Wälden zu verordenen ratione sui directi dominij, wol befügt gewesen.

So sagt auch Anwald nochmals/es sey ein lästerlich geschrey/das man fürgeben will/ die Wälde sein nit der Burggraven/sondern deß Keysers eygenthumblich gewesen.

Dann es sein je allbereyt bey König Rudolphs vnd Alberti zeyten (laut jrer Keys. vnnd König. Mait. Investitum, vnd was Syndicus inn seinen replicis vnd duplicis selbst hat angezogen) die Wälde pro tertia parte, den Burggraven eygenthumblich zugestanden.

Vnd erscheinet auß allen Keyserlichen Befelhen vnnd
I Com-

Commissionibus, bevoran aber auß Keyser Carls Briefe/so Syndicus selbst produciret/vnd darinn denen von Nürnberg die custodia saltus befolhen worden/ daß die Wälde folgends totaliter der Burggraven gewesen sein müssen.

Dann die Keyserliche Mandata vnd Commissiones de custodiendo saltum, & redigendo in sylvam, ne prorsus extirpetur. Item, de puniendo eos, qui vel incidendo ligna, vel aliter contra legem saltui datam delinquerent, sein alle sämptlich nur auß denen vrsachen geschehen/ vnnd gegeben worden/ weil die Burggraven die Wälde nicht heygen vnd hegen/ mit allen sachen/als sie billich thun solten/ sondern die schwerlich verwüsten lassen.

Wern nun die Wälde den Burggraven nicht totaliter zugestanden/ Warumb hette man dann in solchen Mandatis vnd Commissionibus der Burggraven negligentiæ, daß jr F. G. dieselben Wälde schwerlich verwüsten liessen/ gedencken/ vnd derentwegen andere Custodes saltus verordenen dörffen.

Zu dem gibt es der Kauffbrief vber die Wälde auch klärlich/ dann die Burggraven im Kauff der Wälde/ denen von Nürnberg auch das Forstgericht vnnd Forstrecht außdrücklich mit verkaufft.

Vnd ob wol sonst stehet/ sie haben jnen jre Recht in den Wälden verkaufft/ Weil aber auch stehet/das jr F.G. jhnen alles was zu den Wälden gehöret/ verkaufft/ nichts auffgenommen/dann allein die Wildpahn/Lehen vnd Gelaite/ cum exceptio firmet regulam in casibus non exceptis, So ist ohn allen zweifel / daß die Wälde totaliter, der Burggraven gewesen/ vnd jr F.G. dieselben dem Rath zu Nürnberg totaliter verkaufft haben.

Vnd wirdt dasselbe auch mit der subsecuta totali traditione erwiesen / Quia talis præsumitur titulus, qualis est traditio subsequens. Nam cum sylvæ sint totaliter traditæ, præsumuntur etiam totaliter venditæ, Si totaliter sunt venditæ, necesse est totaliter fuisse Burggraviorum.

Weyter

Weyter wirdt dieses auch mit der confirmation Sigismundi, vber den Kauffbriefe der Wälde erwisen vnd dargethan/ Weil sein Keys. Mt. daselbst offentlich asseriret, daß die Wälde der Burggraven gewesen / vnnd daß sie dieselben vom Reich zu Lehen gehabt.

Vnd sey es mit den Schlossen / Märckten vnd Dörffern auff den Wälden geschaffen/ wie es jmmer wöll/ So ist doch die Fürstliche vnnd Freischliche Obrigkeit / sampt der Wildpahn/ im gantzen Burggrafthumb der Nürnbergischen Provintz/ vnd also auch auff den Wälden allbereit zu der zeit J.F.G. zugestanden.

Bey der widerholten rubric die Commission deß Keyserlichen Schlosses belanget / Nimbt clagender Anwaldt für Gerichtlich bekant an/ das Syndicus mit nicht verantworten selbst gestanden / vnnd gestehen hat müssen/ daß die Landes Fürstliche vnnd Freischliche Obrigkeit / im Burggrafthumb der Nürnbergischen Provintz/ kein zubehör deß Keyserlichen Schlosses/ sonder deß Burggrafthumbs gewesen/ vnd noch sey/ vnd das J.F.G. als Burggraven. vnnd Herrn zu Nürnberg / nicht allein mit den hohen Landes Fürstlichen vnnd Freischlichen Gerichten / ausserhalb der Statt/ gantz vnnd gar/ sondern auch mit zweyen drittheil an den Gerichten/ in der Statt selbst/ von den Römischen Keysern sein beliehen worden. *Schloß vñ Vesste.*

Dann Rudolphus brauchet in seiner Königlichen Belehung dise wort / Nemblich: Advertentes devotionem & fidelitatem dilecti nobis Friderici Burggravij de Nurnberg, universa bona infra scripta, videlicet Comitiam Burggravij in Nurnberg, castrum quod tenet ibidem, custodiam portæ sitæ prope idem castrum, Iudicium provinciale in Nurnberg, cui provinciali iudicio, Burggravius ipse vice Imperatoris, omne iudicium iudicans præsidebit. Officialis vero eiusdem Burggravij, una cum Sculteto nostro, in civitate Nurnberg : iudicio præsidebit.

Die Aurea Bulla eiusdem Rudolphi lautet / als ipsi Friderico Comitiam Burggravij in Nurnberg, castrum quod tenet ibidem, custodiam portæ iuxta idem castrum sitæ, iudicium provinciale in Nurnberg, cui etiam vice Imperatoris exercens omne iudicium & iudicas exercebit. Et statim additur, Item quod Officialis eiusdem Burggravij una cum Sculteto nostro, in civitate Nurnberg iudicio præsidebit.

I ij Vnd

Vnd ist Alberti investitura noch klärer/quia ibi est dictio, etiam inter iudicium provinciale & iudicium in Nurnberg, Nemlich: Iudicium provinciale in Nurnberg, cui etiam Vice Imperatoris omne iudicium iudicans præsidebit. Officialis etiam eiusdem Burggravij, una cum Sculteto nostro in civitate Nornberg, iudicio præsidebit.

Vnd weil dann nun die Landesfürstliche vnd Freischliche Obrigkeit / nicht zum Keyserlichen Schloß / sondern zum Burggrafthumb gehöret/die Burggraven auch damit/ von allen Keysern vnnd Königen am Reich / per contractum feudi, & sic respectu Imperatorum privative, non autem cumulative, beliehen worden/ So hat auch Anwaldt mit gutem grunde gesetzt/wen gleich dem Rath zu Nürnberg das Keyserliche Schloß committiret sein solte/das jhnen doch durch die Landesfürstliche vnd Freischliche Obrigkeit im Burggrafthumb der Nürnbergischen Provintz / ausserhalb der Statt nicht gegeben were/partim propter defectum potestatis Imperatorum, partim etiam propter defectum voluntatis.

Vnd ist solches kein ignominiosa noch malitiosa calumnia erga Cæsares, wie es Syndicus anziehen will/sonder ist in aller vernunfft/billigkeit vnd rechtem ergründet.

Dann die gemeyne beschriebene Recht haben ex dictamine rationis außdrücklich verordnet / vnd ist es communis omnium Legistarum & Canonistarum, nemine penitus discrepante sententia, Quod princeps in contractibus utatur iure privatorum, & perinde ut aliquis privatus teneatur ad observantiam contractus, cum subdito celebrati, nec eidem possit contravenire.

Vnd ist Syndicus selbst calumniosissimus & malitiosissimus erga Cæsares, Weil er wider alle vernunfft/billigkeit vnd recht erstreyten will / Quod princeps non teneatur observare pacta & contractus cum alijs initos.

Dann eben damit wil Syndicus auch quod econverso nec alius teneatur aut obligetur principi ex respectu correlativorum, Et sic principi interdicit commercium, ac facit eum exulem, qui est omnium præsul.

Wie nun solche ignominiosam & malitiosam calumniam erga

erga Cæsares, Syndicus köndte vnd wolte verstreychen vnd glossirn/möchte Anwald selbst gerne hören.

Dann was von denselben / qui quod de mane concesserunt, de sero retractarunt, nicht allein die Historiographi, sondern auch die Iurisconsulti, geschrieben vnd gehalten/ dessen weiß sich menniglich / vnd zwar auch fast die canes in palatio, & scamna in auditorijs, zuerinnern.

Vnd gestehet Anwaldt nochmals gantz vnd gar nicht/ daß er jrgends wo / der angegebenen SchloßGerechtigkeit halben etwas/das seim gnedigen Herrn nachtheilich/ bekant habe/wie hievor in triplicis, vnd auch hieoben angezeigt.

Sagt auch nachmals/da je dises falls/oder sonst etwas von jhme vber zuversicht gestanden oder bekannt sein solte/ wie er doch nicht einräumet/Welches seim gnedigen Fürsten vnd Herrn præiudicirlich sein köndte/ So were doch dasselb hievor in triplicis, tanquam ex errore factum, revocirt.

Darwider dann nichts thut / das Syndicus fürgeben will/als solte solches/ propter mandatum Procuratorium, vnd weil es in iudicio acceptirt worden / dermassen nicht geschehen können.

Dann es je ein gemeyner Beschluß aller Rechtgelehrten: Quod confessio Procuratoris, qui non habuit speciale mandatum ad sic confitendum, non præiudicet domino, sed possit ab illo indistincte revocari, quando probatur rem aliter se habere. Wie in diesem vnserm gegenwertigen fall das contrarium in triplicis vilfältig dargethan/ vnd außgeführet / Ita nanque est textus expressus in l. certum. §. sed an. & ipsos Procuratores, ibi glos. & DD. ff. confess. Felyn, cap. j. num. 16. extra. vt lit. non contestat.

Die Burggraven haben wol an dem Keyserlichen Schloß kein Interesse, wie sich dann auch jr F. Gnaden deß niemals angemaßt/aber gleichwol/wenn ein Rath zu Nürnberg sich der Landesfürstlichen vnd Fraischlichen Obrigkeit / im Burggrafthumb der Nürnbergischen Provintz/
I iij                                         derent-

derentwegen anmaſſen vnd vnderfangen will/daß jnen das Keyſerliche Schloß committirt ſein ſoll/ Tunc incipit tractari de præiudicio & intereſſe Burggraviorum, vnd mögen jre §. §. alsdann mit Beſtendiger warheit/ tam iuris quàm facti, wol ſagen/das ſolches nicht geſchehen könne/ cum propter defectum poteſtatis, tum propter defectum voluntatis.

Syndicus iſt hiebevor in triplicis, vnd oben mit allen der Keyſer vnd König am Reich gegeben in fundationibus, Aureis Bullis, Confirmationibus & Privilegijs, vilfeltig/vnnd zum offtermal vberzeuget vnd convincirt worden/Quod Imperatores per conceſsionem perpetui Vicariatus & Iudicij provincialis in feudum, omnem iurisdictionem, omneq; Imperium, atque omnia Regalia à ſe abdicarit, illaq; univerſim intelligantur conceſsiſſe Burggravijs, Et quidem reſpectu ſui ipſius, non cumulativé ſed privativé.

Daß aber gleichwol deſſen vngeacht/Syndicus ſo vnverſchembt iſt/ vnd ſagen darff/ die Keyſer haben inn vbergebung deß Keyſerlichen Schloſſes/ vnnd amovirung der Landvögte vnd Præfecten/ in demſelben Schloß/dem Rath zu Nürnberg/ die Landesfürſtliche vnd Fraiſchliche Obrigkeit im gantzen Burggraftthumb der Nürnbergiſchen Provintz/ in feudum gegeben/ Auß ſolchem ſeinem vngegründten erdichten fürgeben erſcheinet/was er für ein elender/wunderbarer vnd vnverſchembter Menſch ſein müſſe/der ſo vermeſſen ſein darff/tam notiſsima, vnnd wider ſo vil trefflicher Keyſer Original vrkunden/Inveſtiturarum, Aurearum Bullarum, Confirmationum & Privilegiorum, zuverneinen.

Vnd wiewol nun/wann gleich das Keyſerliche Schloß von den Keyſern denen von Nürnberg vbergeben/ vnd concedirt ſein ſolte/ ihnen gleichwol die Landesfürſtliche vnd Fraiſchliche Obrigkeit im Burggraftthumb der Nürnbergiſchen Provintz keines weges gebüret/ So haben auch vber das/die von Nürnberg keine conceſsionem, venditionem, oder donationem Imperatorum, deß Keyſerlichen Schloſſes erwiſen/ ſondern alle jre eingelegte Briefe/ ſein bloſſe Befelh vnd Commiſsiones, die kein Eigenthumb noch Ius geben/ſondern ſeind ſchlechts temporales & revocabiles.

Dil

Vil weniger aber haben die von Nürnberg eine Vber-
gab vnd Commissionem deß Territorij der Wälde / noch anderer limitirten circumferentz erwisen / Sondern Anwaldt
hat vberflüssig dargethan vnnd aufgeführet/ daß der Raht
zu Nürnberg nicht allein ausserhalb der Statt/ gantz vnnd
gar kein Territorium, districtum, noch Iurisdictionem, niemals
gehabt/vnd noch nit hetten/ sondern auch das jnen vor Verkauffung der Burggräuischen Burgk / auch an den Gerichten in der Statt selbst/gantz vnnd gar nichts zustendig gewest sey.

Vnd das mehr ist / so hat ein Rath zu Nürnberg auch
keine universalem Commissionem deß Keyserlichen Schlosses / sondern nur allein mandatam custodiam erwiesen / damit
das Hauß in bäwlichem wesen erhalten würde.

Daß die Burggraven sich deß perpetui Vicariatus in provincia Noribergensi anmassen / das haben jre F. G. gnugsam
vrsachen.

Dann König Rudolph in seiner Investitura, vnd darauff erfolgten Bulla, so wol auch Keyser Albrecht / in seiner
Belehnung/sagen außdrücklich/ daß jre Königliche vnd Keyserliche Mayestät / den Burggraven in feudum concedirt ha-
ben/ Comitiam Burggravij & Vicariatum perpetuum in provincia Noribergensi, cum reliquis feudis, quæ idem & progenitores
ipsorum à principibus & regibus antè tenuerunt & habuerunt.

So sagt auch die Aurea Bulla Caroli Quarti außdrück-
lich/ Quod Burggravij ab antiquo tempore Illustribus principibus parificati sint & fuerint, Item, Quod Burggraviatus Noribergensis nobile membrum sacri Imperij existat.

Vnd das mehr ist/in der fünf Churfürsten deß Reichs
Confirmationibus vber berürte Bullam Caroli Quarti stehet
mit hellen klaren worten/ daß die Burggraven/ von wegen
deß Burggrafthumbs vnnd der Herrschafft zu Nürnberg/
Fürsten deß Reichs sein/vnd alle Gnade vnd gewonheit anderer Fürsten haben.

I iiij      Daß

Daß aber auch der Rath zu Nürnberg eines perpetui Vicariatus, ratione castri Cæsarei & in feudum concessi territorij, sich rühmen will/ solches ist von Anwalden/als ein lauter erdichter vngrund/ex veris & immotis fundamentis, stets widersprochen/ von einem Rath aber mit dem geringsten nicht erwiesen worden/noch erwiesen werden können.

Vnd thut demnach Syndicus nicht vnrecht/ daß er von solchem gerühmbten/ vnd doch vnerwiesenen vicariatu selbst abstehet/ vnd sich deßwegen selbst gefangen gibt.

Daß er aber jetzo zu seinem eussersten Behelff fürwenden will/die Statt habe eine freye hand/ vnd liberas ædes gegen dem Burggraven/solches ist keiner verantwortung wirdig/sondern Anwald wil Syndicum schlecht auff die Investituram Rudolphi vnd Alberti gewisen haben/ Darauß dann offentlich vnd lauter am tage/daß die Burggraven zu Nürnberg anfenglich nicht alleine mit den hohen Landes fürstlichen vnnd Fraischlichen Gerichten/ ausserhalb der Statt gantz vnd gar/ sondern auch mit zweyen drittheilen an den Gerichten in der Statt selbst sein Geliehen/ vnd der vbrige drittheil an den Gerichten in der Statt den Römischen Keysern sey vorbehalten worden/das also ein Rath zu Nürnberg die zeit gantz vnd gar kein Gericht/ weder in vnd ausserhalb der Statt gehabt.

Vnd ob sie nun wol die Gericht in der Statt von den Burggraven mit der Burggrävischen Burg erkaufft/so sein doch die Gerichte ausserhalb der Statt den Burggraven eben in Verkauffung derselben Burgk/ aufdrücklich reserviret vnd fürbehalten worden.

Wo bleibet dann nun die freye hand/ vnd liberæ ædes, der sich Syndicus von wegen eines Raths so vnverschembt hat rühmen dörffen.

Wie iniuriantischer Syndicus nicht weyter kan/ne videatur tacere, Bringet er abermals sein alte geigen wider herfür/ vnd schmehet klagenden Anwalden/als solte er non sine
nota

nota falsi, dem Buchstaben der Burgkauffverschreibung ein
gewalt gethan/vnd zu seinem vortheil corrumpirt haben.

**Dartwider** aber kan Anwald zu seiner ehren notturfft
ewer F. G. vnd derselben hochverstendige Beysitzer vnerin-
nert nicht lassen / daß er in seinen triplicis, bey den confirmationibus ein sonderliche rubric gemacht haben / von der Kauffverschreibung vber die Burgk / Vbi hæc sunt formalia verba
ipsius.

**Klagendes** Anwalden gnedigen Fürsten vnd Herrn
grundt vnd intent der angestelten klage / wirdt auch dargethan / mit dem KauffBriefe vber die Burg.

**Dann** in demselben das Landgericht deß Burggrafthumbs Nürnberg / vnnd also die Gerichte ausserhalb der
Stat auffm Lande excipiret, vñ den Marggrauen reseruiret.

**So** stehen daselbst nachfolgende wörter / Vnd andere
vnsers Burggrafthumbs Herrligkeit/Recht vnd Güter/die
vnsere Vorfaren vnd wir / jhnen in disen vnd andern Briefen
nicht verkaufft oder vbergeben haben.

**Darauß** dann folget/weil der Rath zu Nürnberg biß
dahero nicht bewisen noch dargethan/daß die Marggrauen
jhnen die hohe fraischliche Obrigkeit/ ausserhalb der Statt
verkaufft oder vbergeben / daß eben durch dise clausulam den
Marggrauen die hohe fraischliche Obrigkeit reseruiret vnd
vorbehalten.

Hæc sunt formalia uerba actoris sub rubrica: **KauffBriefe**
vber die Burg/ rc. Da dann Anwaldt expressè digitum inten-
diret hatte/ auff den locum, vnd auff die fundamenta in derselben Kauffverschreibung vber die Burg/ darauß seins G. F.
vnd Herrn grundt vnd intent der angestelten klage/ confirmiret vnd gestercket wird / als nemlich/ ibi, Wir nemen auß
vnd behalten vns in disem Kauff für/ **vnser Landgericht
des Burggrafthumbs** zu Nürnberg / **vnser Wildpahn/
vnser Gelaidt/** aufwendig der Statt Nürnberg/**vnd andere vnsers Burggrafthumbs Herrligkeit/ Recht
vnd**

vnd Güter/ die vnsere Fordern vnd Wir jnen in disem vnd andern Briefen vnd Käuffen/ nicht verkaufft vnd vbergeben haben.

Wie darff dann vnr Syndicus so virulentus sein/ vnd Anwalden dermassen ehrnrürig/wider einig vrsach vnd alle Billigkeit anziehen/ als solte er/ non sine nota falsi, die literam der Burgverschreibung corrumpiret haben/ So ist auch zu Rechte außdrücklich versehen/ daß einem jeden gestatet vnd zugelassen/ seine briefliche vrkunden vnd andere documenta, genßlich oder zum theil zu producirn, Derowegen dann darauf/ da gleich die angezogne generalis clausula, auß berürter Burg kauffverschreibung aufgelassen sein möchte/ nicht kan noch mag inserirt werden/ als solches fraudulenter geschehen sein.

Vnd were Syndico besser angestanden/ daß er sich derntwegen verantwortet hette/ was jhm Anwaldt inn triplicis, mit beständiger warheit fürgeworffen/ Nemlich/daß er Syndicus nicht alleine mit verleugnung des Fürstenthumbs/ vnd der hohen Fürstlichen Regalischen Obrigkeit/ Keyser vnd König darff lügen straffen/ sondern auch noch vber das/nichtige verloschene/vnd cum clausula pcepti pœnalis de non allegando vel vtendo, cassirte Briefe anzeucht/ vnd sich der wider außdrückliche Keyserliche pœnæ, verbot zugebrauchen/vnterstehet. Item/da er Keyser Heinrichs commission falsch anzeucht/ vnd setzet/ als solte vermüg derselben/ der Landrichter dem Schultheissen zu Nürnberg vnderworffen gewesen sein/da doch das contrarium nicht alleine auß Rudolphi vñ Alberti investituris zuersehen/ sondern auch eben in derselben concession lauter stehet vom Notario, inmassen es dañ der Lesenmeister am Cammergericht selbst im collationirn corrigiret, Item da er in König Wenceslai Briven mit F.S. für deß Waldes pflegen/ deß Wildes pflegen/ fälschlich anzeucht.

Vnd kan die angezogene generalis clausula, Syndico inn dem geringsten dazu nicht zu gute kommen/ Daß er auß derselben zu inserirn vermeynet/ als solte nur die Lehen/Landgericht/ Wildpan vnd Glaidt excipiret/ alles ander aber/das

zu der

zu der Herrschafft in der Statt vnd derselben Vmbkreiß gehöret/pleno iure verkaufft sein worden.

Dann es stehet in der Burgkauff Verschreibung nicht alleine/daß das Landgericht deß Burggrafthumbs zu Nürnberg/Wildpahn vnd Gelaidt/außwendig der Statt Nürnberg / sondern auch alle andere deß Burggrafthumbs Herrligkeit/ Recht vnd Güter/ außgenommen vnd fürbehalten sein worden.

So erscheinet auch auß der Burgkauff Verschreibung clärlich / daß die angezogene clausula generalis allein auff die Pertinentias vnd Zubehörung der Burgk gerichtet sey / Vnd weil dann die hohe Fürstliche vnnd Fraischliche Obrigkeit kein Pertinens vnnd Zubehör der Burggräuischen Burgk gewesen/ vnnd noch nicht ist/ Als folget hierauß/ quod sub dicta clausula generali, die hohe Landes Fürstliche vnd Fraischliche Obrigkeit nicht mit begriffen sey.

Vnd weil je Syndicus der angezogenen General clausul halben so vil wesens machen wil/ so widerholet Anwaldt anhero alles vnd jedes / was er auff dise clausulam generalem, in seinen Triplicis vnder der Rubric Marggräuische Kauffverschreibung vber die Wälde / 2c. ex veris fundamentis tam facti quàm iuris respondiret. vnd geantwortet hat/ Welche Responsiones allesamptlich Syndicus mit nicht widerlegen/ selbst gestanden / vnd gestehen hat müssen/ Vnnd Anwaldt hiemit für Gerichtlich bekannt wil angenommen haben.

Gleicher gestalt/ Weil Syndicus abermals die Exceptuationem vrgirn, vnnd darauß erzwingen will / als solte nicht mehr exceptuirt sein/ dann die Lehen/ Landtgericht/ Wildpan vnd Glaidt/ Was aber sonst zum Burggräuischen Castro, vnd der Herrschafft in der Statt vnd auff dem Lande/ ins Burggraffthumb gehöret/ das sey pleno iure verkaufft worden.

So repetirt Anwaldt alles vnd jedes/ was er bey diser Exceptuation in triplicis, vnder berürter Rubric der Kauffverschreibung vber die Wälde/ ad longum deduciret hat/ vnd
vom

vom Syndico mit nicht verantworten / selbst gestanden ist worden/ Nemlich / Licet exceptio firmet regulam in casibus non exceptis, attamen exceptionem neutiquam operari, ut regula vel dispositio generalis extendatur ad illum casum, qui alioquin sub regula vel generali dispositione, omnino non comprehenditur, potissimum vero quando verisimilis mens disponentis contrarium suadet, vel alioqui absurditas vel absurdum inde sequeretur.

Das Syndicus in seinen vorigen gesatzten geläugenet habe/daß ein Rath der Burggräfischen Burgk sich aller erst nach dem Kauff angemast hette / dessen will sich Anwaldt auff die vorige Producta gezogen haben / Nach dem er sich aber jetzo selbst gefangen gibt / so will es Anwaldt auch dabey wenden lassen.

Brunn· Dieweil Syndicus die Disputation vom Schloß Brunn/wiewol vnnötiger weise erst erregt/so hat Anwaldt darauff antworten müssen.

Vnd ist Anwaldten ohne noth gewesen / deß Schlosses Brunn halben vil Beweysung zuführen/ sondern weil hie bevor vberflüssig dargethan/vnd deduciret, daß das Burggrafthumb ein Fürstenthumb deß Reichs / vnd die Wälde/auch alle vmbligende Dörffer. Item/die Statt Nürnberg selbst im Burggrafthumb gelegen/ So ist leichtlich abzunemmen/ wem die Wälde vnd das Schloß Brunn gehört haben/ vor dem Kauffe.

Beruhet derwegen Anwaldt nochmals auff dem jenigen/was er bey dem producirten vermeynten Keyser Carls vnd König Wenceßlai Briefen/ hie bevor in triplicis berichtet/ Wie dann auch Syndicus solches mit nicht verantworten/ selbst gestanden/vnd gestehen hat müssen.

Vnd laßt sich Anwaldt nichts irren/das Iniuriantischer Syndicus jhnen deßwegen zuverunglimpffen / sich vnderstehet.

Dann es hat je Anwaldt solchs nit anderer meynung/ dan nur zu S.G.f. vnd Herrn erdrungene notturfft/ gesagt vnd setzen müssen.

Vnd

Vnd wann Anwaldt hierdurch ein crimen læſæ Maieſtatis begangen haben ſolte/ ſo würden alle Hiſtoriographi noſtrorum temporum, deſſelben criminis ſchuldig ſein.

Viel mehr aber würde ſolch crimen der Rath zu Regenſpurg/ vnd Mynſingerus der vor ſie conſuliret / committiret haben.

Dann es hat je gedachter Rath zu Regenſpurg/ an dieſem Keyſerlichen Cammergericht fürbringen laſſen/vnd hat eben auf dieſelben acten Mynſingerus,der die zeyt ſelbſt ein Aſſeſſor in diſem Keyſerlichen Cammergericht mit geweſen / in ſuo 29. conſilio ſub num. 4. de iure reſpondit, Omnia privilegia à Venceslao tanquam Rege Romanorum conceſſa, nullius roboris eſſe, propter revocationem generalem omnium reſcriptorum, cõceſsionum & privilegiorum, à prædicto Venceslao emiſſorum, factam ab electoribus & ſtatibus Imperij concordanti voto & ſententia poſt ipſius legitimam ab Imperio depoſitionem,& addit inſuper Mynſing.hæc verba. Eſt enim Venceslaus, propter ſuam ignaviam per electores & ſtatus legitimè depoſitus ab Imperio, & omnia reſcripta & privilegia ab ipſo emiſſa, caſſata, aſſentiente & hoc confirmante poſtea Rudolpho Comite Palatino Rheni, in depoſiti Venceslai locum pro Rege Romanorum ſuffecto.

Was letzlich die abermals reiterirte rubric von ð Land- *Landvogtey antrifft/ dazu hat Syndicus gleichsfalls/wie zu allem andern ſelbſt auch vrſach geben/daß derwegen/Anwald kein vmbgang haben können/ſolche Syndici ſo vielfältig reiterirte vngründte Behelff/ nach notturfft zuwiderlegen.

Vnd nimpt demnach Anwald für Gerichtlich bekannt an/ daß Syndicus alle ſolutiones vnd ablehnungen/ ſo Anwaldt auff Syndici diſes Puncts halben vermeyntlich producirte vrkunden/ mit beſtendiger warheit/iuris & facti,in ſeinen triplicis gegeben / mit nicht verantworten/ ſelbſt geſtanden/vnnd geſtehen hat müſſen/ Repetirt auch derwegen ſimpliciter priora.

Vnd ſagt dabey weyters/ ob es gleich den Syndicum noch ſo hart verdrüſſ/ kan man jme doch einigs Landvogts oder Landvogtey fürgegebener maſſen / keins wegs geſtendig ſein/Er hab auch derwegen mit ſein gerühmbten vrkunden gar nichts bewieſen/ oder dargethan.

K                    Dann

Dann daß er abermals Keyſer Carls Brieff/ litera F. ſo hoch auffſinutzet/ da Windsheim vnd Weiſſenburg mit der ſechs Churfürſten conſens der Landvogtey Nürnberg befolhen / iſt hievor in triplicis vnd diſer rubric dem Syndico mit grundt angezeigt / Darauff er auch kein eynig wort geantwortet/ wie er dann auch mit grundt nicht thun können/ das derſelb allein auff bede Reichsſtätt/ Windsheim vnd Weiſenburg limitirt, vnd daß jnen den von Nürnberg auch dardurch mehr nicht/ dann der ſchutz vnd ſchirm beeder Stätt/ der in Kay. Briefe angezognen vrſach halben / aber gar kein iurisdiction im angegebenem gezirck der Nürnbergiſchen provintz gegeben worden / wie auch die bede Stätt in ſolchem zirck nicht/ ſonder auff fünff oder ſechs meyl davon gelegen/ Daß alſo hierauß nicht folgt/ daß die Veſte ein Landvogtey bey oder vmb Nürnberg/ Noch daß Key. Mt. einigen Landvogt auff der Veſten gehabt/ dem das ius præſidatus, im angegebenen Nürnbergiſchen Kraiß/ vnd dem Burggrafthumb zugeſtanden/ vnd hernach auff ein Rath zu Nürnberg/ als jnen die Veſte commitiret, transferirt vnd verwendet worden ſein ſolt.

Vnd da Syndicus nicht ſelbſt blind/ oder doch ſonſt gern die warheit bekennet / hett er in berürtem Key. briefe klar vnd lauter gefunden/ daß Kay. Mt. außdrücklich ſetzt/ das man ſie (die beede Stätt) bey dem Reich vnd bey ewer (der von Nürnberg) pfleg vnd Landvogtey ewiglich laſſe. Da nun die Veſten ein Landvogtey/ oder Landvogt gehabt/ oder damit gemeint wer/ würden Kay. Mt. wort alſo verlauten/ Vnſer vnd deß heiligen Reichs Pfleg vnd Landvogtey. Wie dann jr Key. Mt. jedesmals/ wann ſie der Veſten gedenckt/ die form gebraucht: Vnſer vnd des H. Reichs Veſten. Dann Syndicus je ſelbſt nicht ſagen würd noch kan/ daß die angegeben Landvogtey vmb Nürnberg iure proprio, auff ſeine Herrn Principal gewendet / ſondern müſten dieſelben von Key. Mt. vnd dem Reich zu Lehen haben vñ tragen/ daß alſo vngereimbt geſetzt wer: Ir Pfleg. Das doch keins wegs zugedencken/ vil weniger zu ſagen.

Vnd ob gleich in König Carls confirmation, ſo jre Mt. den Zeidlern gegeben/ litera I. Item/ der Vrkunth literis H H. vñ I.I. ſigniirt/ neben andern mehr vom Syndico angezogen/ eins Landvogts gedacht/ hat es damit kein andere gelegenheit/ dañ daß die Römiſche Keyſer vnd König/ an welchem ort ſie

ort sie jrgendt ein Reichstag zu Nürnberg vnd anderstwo außschreiben
vnd Hof gehalten/ auch etwo jre abwesende ein Fürsorglich
oder Königlich Reichs Regiment vnd Gerichts Bestellt vnd
gemeinglich einen Graven oder Herrn deß Reichs/ zu einem
Presidenten vnd Hofrichter darzu verordnet/ also daß dieselben
an statt jrer Kays: vnd Kön: Mt. das Hofgericht Gesessen/
vnd ander deß Reichs sachen richten vnnd handeln sollen/
wie es jetzo vngefehrlich mit Cammerrichtern vñ Cammergericht gestellt sein möchte. Also hat Grave Johanns von
Lupff vñ Landgraf zu Stüllingen/ das Hofgericht besessen/
zu Nürnberg in der Vesten/ nach Christi Geburt Anno 1422.
an statt Keysers Sigmundts/ löblichster gedechtnuß/ vnd solche der Keyser Officialen/ Hofmeister/ oder Hofrichter/ super-
nicht allein mit Wesen zu Nürnberg je vnd allwegen gewest/
sondern auch an andern mehr orten vnd Stätten im Reich/
Darauß schleußt sich aber gar nicht/ daß solche Landvögt zu
Nürnberg/ oder anderer der Bey vnd vnnd die Salte privata
jure gewest seyen/ sondern habe deß Reichs sachen/ als Stat-
halter vnd Regenten/ per adversum vertradt vnd administrirt/
so oft jhnen dessen auß befohlen. Vnd nun einen/ sinen auch alten/
hey von Römischen Keyser vnd Königen geschrieben vnnd
befohlen worden. Wie sonderlich diß seits König Ludwigs
Befehl/ Weiland L. I. an Landvögt vnd ander jetzt Ußo. Ampts
leute/ von wegen deß Abts zu den Schotten zu Nürnberg aus-
gangen/ außweiset. Dessen sich die Burggraven nicht be-
kümmert/ noch jhnen auch an jren habenden Rechten vnd Gerechtigkeiten jchtes præiudicirt hat/ oder præiudiciren mögen/
Wie auch mit Bestandt nicht zu sagen/ noch darzuthun/ daß
einiger dergleichen Landvogt/ seit der zeyt die Burggraven
zu Nürnberg gewont vñ gewesen/ weder in noch ausserhalb
der Statt vnd Nürnberg/ einig Renndt/ Gülte/ zinß/ oder
ander einkommen/ noch auch einiger Vnderthanen/ weder von
Burgern oder Bauern gehabt/ wirde auch denen von Nürnberg weder die Vesten noch auch Landvogteyzu Lehen gelie-
hen/ Wie doch mit den von den Burggraven verkaufftes
Walden/ Bergk/ mit suerzu vnd eingehör (doch aufgenommen deß Burggraftumbs Regal vnd ander Herrligkeit)
den Dörffern zwen theil deß Schultheisen ampts/ sampt an-
derm/ geschihet/ vnd sie dasselb vom Reich zu Lehen empfa-
hen/ re. Wie diese angezogenen/ vnd den Burgern deß Raths
zu Nürnberg selbst vnbekañten Landvogtey halben/ in Fürst-

K ij lichen

lichen Anwalds in der newen Gebew sach wider Nürnberg/
Anno ꝛc.39.eingebrachten superadditionalibus & reprobatoriis
articulis, Art.j.biß auff den 52. Articul/ ferner Beständige außführung vnd widerlegung geschehen/ vnnd sonderlich dabey
außgeführt/daß die Nider oder Burgerliche Gerichtbarkeit:
Deßgleichen die Forstgericht / so allein zu aufferung vnd hegung deß Walds gehören / kein ius præsidatus oder Lands
Obrigkeit geben / so wenig auch die Fraischlich Gerichtbarkeit / wo die als ein species jrgend an einem oder mehr orten/
vnd nicht sub aliquo continente universali, geübt vñ gebraucht
werde/hoc est, titulo ducatus, Marchionatus, comitatus, aut alicuius provinciæ,cum qua non solum merum Imperium,sed cætera
Regalia transeunt & conceduntur tanquam continens sub contento, &c. Welches alles Fürstlicher Anwaldt hieher repetirt
vnd erholt haben will/damit also dem Syndico ferrner vnd
sonderlich / was er Berürter vrkund litera I.de poenalibus anzeucht/verantwort würdet. Welche vrkund doch auch nicht
also in gemeyn redet / sondern außdrücklich' auff Feucht restringiret würdet/ wie dann die wort also verlauten: Was
Todtschläg in dem Gericht(hoc est,zu Feucht/da das Zeidelgericht gehalten) geschehen/das gehört einem Landvogt an/
oder dem / der es von vns oder von deß Reichs wegen innen
hat/ꝛc. Wie wolt dann Syndicus/da es gleich sonst sein fürgeben der Landvogtey halben ergründet / wie doch nicht ist/
auch nicht gestanden wirdt/darauß inferirn/daß seinē Herrn
Principaln in dem gantzen angegebenē Nürnbergischē Kraiß
die Obrigkeit/ von wegen der angegebenen Landvogtey zustendig sein solt.

Dieweil dann nun die Statt Nürnberg ab initio mundi, keine andere Landtvogtey gehabt / dann wie oben von
Keys.Mait.Præsidenten vnd Hofrichtern gemeldt/das auch
die hoch Fraischliche vnd Fürstliche Obrigkeit/niemand anderm/dañ den Burggraven/denen es lang zuvor vom Reich
per contractum feudi, geliehen/ zugestanden/ vnd da die Keyser/ausserhalb der Burggraven/jemandt anderm / Syndici
fürgeben nach/ die hohe Fraischliche Obrigkeit concedirt, so
were es doch an jhme selbst nichtig gewesen/propter defectum
potestatis & voluntatis, auch vber das durch Carolum Quartum, vnnd folgende Keyser vnnd König am Reich zu nichte
gemacht.

So mag

So mag iniuriantischer Syndicus in seinen eygen Busem schieben/daß er fürgibt/Anwald habe Imperialia rescripta, Mandata & Præcepta verneinet/ Darumb soll er/ ex lege Rhemia capite plectirt werden.

Dann es hatt je Syndicus Keyserliche Rescripta cumuniose darauff ziehen wöllen/ welches darinn mit dem geringsten nicht gemeynt/ vnd da es auch gleich darinn gemeynet sein solte/ jedoch an ime selbst nichtig/vnd noch vber das erloschen/vnd cassiret were/ das mag aber wol ad pœnam legis Rhemiæ gehören.

So hat auch Syndicus/ vngeachtet/daß er so vil treffenlicher Keyser Investituras, Aureas Bullas, Confirmationes & Privilegia gesehen/gleichwol das Fürstenthumb deß Burggrafthumbs verleugnen/vnd so vil Keyser lügen straffen dörffen.

Dann ohne das die Investituræ Rudolphi & Alberti per concessionem perpetui Vicariatus. Item, Comitiæ Burggravij, vnd dann omnimodæ Iurisdictionis in provincia Noribergensi, ein Fürstenthumb mit sich bringet/ So sagt noch vber das Carolus Quartus offentlich / Quod ab antiquo tempore Burggravij Illustribus principibus parificati sint & fuerint, & quod Burggravius Noribergensis sacri Romani Imperij nobile membrum existat, Vnd hat die Burggraven auch hernacher/ post negligentiam, als Fürsten restituiret / Ober das sagen vnnd Bezeugen die fünff Churfürsten/in ihren Confirmationibus, vber vorberürte Caroli Quarti Auream Bullam offentlich/ daß die Burggraven von wegen deß Burggrafthumbs vnd Herrschafft zu Nürnberg/Fürsten deß Reichs sein.

Noch darff der elend vnverschämbte Mensch sagen/dignitas Burggraviatus sey nur ein personalis eminentia, bz Burggrafthumb zu Nürnberg sey kein Fürstenthumb/ die Burggraven zu Nürnberg massen sich deß Fürstlichen Tittels/ de facto, vnd wider die gebür an / vnd was deß erdichten/ verlognen dinges mehr ist.

Wie Syndici Principales perpetui præsides auff dem Castro Imperij gewesen sein/ vnd noch/darvon ist hiebevor in triplicis, vñ sonderlich bey Keyser Heinrichs Briefe / sub litera A. Item/bey Keyser Carls Briefe sub litera B. vnder der Ru-

K iij bric

bric Landvogtey/Gericht geschehen/Nemblich/daß die Herrn
E. E. Raths/so vil die Vestung anbetrifft/lauter commissarij vnd Mandatarij, stets gewesen/vnd noch.

Vnd was darff sich Syndicus jetzo von wegē der Keyserlichen Vesten eines perpetui præsidatus rühmen/ da er doch hiebevor selbst gestanden / vnd von Anwalden für Gerichtlich bekannt angenommen worden/ daß sich die Beclagten vnd jre Eltern vnd Vorfahrn/der proprietet deß Schlosses/ vnd derselben zugehörungen/iure proprio, nie angemasset/sondern je vnd allwegen / liberè & ultrò, als ein pertinens der Keyser vnd deß Reichs/erkennet vnd bekennet. Gleicher gestalt ist hiebevor in triplicis vnder der Rubric, Wälde/ vilfeltig deduciret vnd dargethan / daß ein Rath zu Nürnberg auff den Wälden/ neque vigore quorundam temporalium & personalium concessionum ac mandatorum, quæ ab Imperatoribus tempore negligentiæ Burggraviorum sunt emissa, neque ut perpetui Vicarij, neque ut utiles dominij, jemals die Gericht gehabt/vil weniger aber noch haben.

Vnd nimbt Anwald für Gerichtlich bekant/ daß Syndicus selbst gestanden/vnd gestehen hat müssen/ Quod Vicarij perpetui Imperatoris habeant non tantum Iurisdictionem, merum & mixtum Imperium, verum etiam Regalia & Regalem dignitatem, atque in isto loco, sive territorio omnia possint, quæ Imperator potest.

Dann darauß folgt Syndici eigener Bekantnuß nach/ vnwidersprechlich/ weil die Burggraven mit dem perpetuo Vicariatu Imperij in provincia Noribergensi per contractum feudi, von den Keysern vnd Königen am Reich beliehen werden/daß sein F. G. die Land fürstliche vnd fraischliche Obrigkeit im gantzen Burggrafthumb der Nürnbergischen Proving/je vnd allwegen zustendig gewesen/vnd noch/für Eins.

Zum andern/ folget hierauß/weil der Rath zu Nürnberg keine perpetuum Vicariatum erwisen/sonder nur schlechts temporales & personales Commissiones ( de custodiendo saltum, redigendo in sylvam, & puniendo eos, qui vel incidendo ligna, vel aliter, contra legem saltui datam, delinquerent ) propter negligentiam Burggraviorum, von den Keysern cum certis quibusdam emolumentis ex saltu, Ob jnen gleich das Regiment saltus
auch

auch committirt worden/daß sie dardurch nur administrationem saltus,nit aber die Fraischliche Obrigkeit auff den Wälden erlanget haben.

Und hette Anwald vil mehr vom Syndico zusagen/daß er selbst also irrig vnd vergessen sey/daß er selbst nicht wisse/wo er daheim ist.

Dann Syndicus hat in seinen vorigen gesetzen/eben auß dem/daß Anwald vermeldet/die Burggraven weren in provincia Noribergensi per contractum feudi, zu Vicarijs Imperatorum constituiret worden/zu seinem vermeynten vortheil stets erzwingen wöllen / daß die Burggraven keine Fürsten deß Reichs/auch als Burggraven keine Landesfürstliche noch Fraischliche Obrigkeit / weder im Burggrafthumb der Nürnbergischen provintz/noch sonst hetten. Als er aber von Anwaldem in triplicis convincirt vnd vberwisen worden / daß die Burggraven / eben dardurch/daß sie zu perpetuis Vicarijs Imperatorum in provincia Noribergensi creiret, auch zu Fürstlicher proeminents erhoben/vnd die Landesfürstliche vnd fraischliche Obrigkeit im gantzen Burggrafthumb der Nürnbergischen Provintz / territorio, bezirck/vnd districtu erlangt hetten/So wil er jetzo in seinen Conclusionibus, sich selbst eben mit dem/was er zuvor impugnirt, schützen vnd behelffen/vñ darff fürgeben/seine Principalen sein auch perpetui præsides in castro Imperij, Item, in saltibus, Ergò, stehen jhnen die Fraischliche Obrigkeit im gantzen Burggrafthumb zu.

Aber das antecedens ist auff Syndici theil mit dem geringsten nicht erwisen/ Vnd wenn es auch gleich erwisen sein solte/wie doch nicht ist/vnd auch nicht gestanden wirdt/so were es doch an jme selbst nichtig/ propter defectum potestatis & voluntatis. Were auch hernachmals durch Carolum Quartum, vnd alle andere nachfolgende Keyser vnd König am Reich/ außdrücklich widerumb cassiret /vernichtiget vnnd uffgehoben.

So ist auch Syndicus vmb so vil mehr dermassen irrig vnd vergessen/daß er selbst nicht weiß/wo er daheim ist/ Weil er letzlich von dem gerühmten præsidatu selbst abfelt/vnd gibt für/ wenn seine Herrn je keinen præsidatum vel viriatum haben/so haben sie doch administrationem.

K iiij Dann

Dann daß sie ratione præsidatus vel vicariatus (deren sie keines mit dem geringsten nicht erwiesen) oder ratione administrationis (die sie nur temporalem erlangt) von den Burggraven sicher sein/vnd gegen daßselbige liberaturdes haben sollten/in dem iß Syndicus mit den Keyserlichen vnd Königlichen Invstituris, Aureis Bullis, Confirmationibus & Privilegijs, in massen dieselben in triplicis ponderirt vnd declarirt/deß widerspils vnd contrarij vilfeltig vberwisen vnd vberzeuget.

Daß den Burggraven die Wälde, totaliter iure dominij zugestanden/vnd bevor an/daß jr F. G. die Landesfürstliche vnd Fraischliche Oberkeit/nicht allein auff den Wälden/ sondern im gantzen Burggrafthumb der Nürnbergischen Provintz stets gehabt haben/ vnd noch/deßen ist Syndicus gleicher gestallt mit so vil vnlaugbaren Keyserlichen vrkunden/ wie jetzt gemeldt/ convinciret vnd vberwisen/ daß Anwald Syndici abermals verneinen/ keiner weytern ablehnung würdig erachtet.

Vnd nimbt Anwaldt für Gerichtlich Bekannt an/ daß Syndicus selbst offentlich gestanden/vnd gestehen hat müssen/daß die Marggraven in venditione sylvarum, die Fraischliche Oberkeit nicht verkaufft haben/ wie dann sonderlich in der Exception Schrifft/ den 28. Novembris/Anno rc. 67. einkommen/so vil dargethan/daß die von Nürnberg sich hievor in allen gepflogenen Handlungen/vorm Bund/ vnd anderst wo/dises Titels/ daß jnen die hoch Obrigkeit/ von weyland Marggraf Friderichen mit den Wälden verkaufft sein solle/ nie berühmbt.

Vnd weil hiebevor vberflüssig dargethan vnd bewisen/ daß jr F. G. die Fraischliche Oberkeit/ nicht allein auff den Wälden/ sondern auch im gantzen Burggrafthumb der angegebenen Nürnbergischen Provintz/ je vnd allwegen eigenthümblich zugestanden/vnd noch/So muß diser Syndici eigenen Bekanntnuß nach/nun mehr vnverneinlich folgen/ daß jr F. G. die Fraischliche Obrigkeit auff den Wälden eben so wol/ wie im gantzen Burggrafthumb solcher Nürnbergischen Provintz/noch diß stund gebüre/vnd zustehe.

Dann was Syndicus de generalibus & prægnantibus clausulis, abermals andeuten wil/ solches ist hiebevor/ mehr dann

dann nottdrefftig/widerlegt/dahin sich Anwaldt/geliebter kürtz halber/nochmals ziehen thut.

Vnnd ist deß clagenden Anwalden gnädigen Fürsten vnd Herrn/hochlöblicher Voreltern/nicht schimpflich oder verkleinerlich/das Anwaldt in triplicis etlich mal vermeldet/ daß jrer F.G. ut venditores, weil sie als Reichsfürsten damit Beliehen/nicht Macht gehabt hetten/wenn sie es auch gleich gerne gethan (wie doch nit geschehen) die hohe Fraischliche Obrigkeit der ort/in præiudicium successorum, zuverkauffen. Dañ solches je in den gemeynen Beschriebenen Lehenrechten außdrücklich vnd lauter verordnet/vnnd haben Anwaldes gnedigen Fürsten vnd Herrn/hochlöbliche Voreltern/wie sie als Reichsfürsten/mit der Landes Fürstlichen vnd Fraisch- lichen Obrigkeit/im Burggrafthum der angegebenē Nürn- bergischen Provintz/von den Keysern vnd Königen am Reich/per contractum feudi, Belehnet worden/damals als- bald sich verpflichtet/ daß sie dieselb Lands Fürstliche vnd Fraischliche Obrigkeit/in præiudicium successorum, nicht alie- nirn noch veräussern wöllen.

Syndicus ist/ sibi ipsi per omnia similis, vnd wie er mit convitijs vnd contumelijs angefangen/vnd durchauß conti- nuiret,also schleufft er auch mit demselben.

Dann weil Syndicus in allen seinen gesetzen nicht ein einige erhebliche rationem, vel in iure vel in facto, seines theils zu allegirn gehabt/vnd gleichwol Anwaldens fundamenta nicht widerlegen können/ So hat er stets mit scurrilibus, virulentis & furiosis convicijs, vmb sich geworffen/vnd von demselben alle seine convolut vberhäuffet/derwegen Anwald jhme sol- ches nicht durchauß hat passiren lassen/sondern jhne wider- vmb etlicher massen vivis coloribus depingirn müssen/ vnd hette Syndicus/seinem verdienten Lohn nach/Billich Besser auffgestrichen werden sollen.

Vnd hiemit wil Fürstlicher Anwaldt deß Syndici nehr dann vngereimbte/vngegründte Conclusion zum vber- luß abgelaint/Auch da etwas darinn insonderheit nicht wi- derlegt/dasselb stillschweigend nit Bekannt noch eingereumt/ sondern mit nichtgestehen verantwortet/ auch darwider ge- neralia iuris & facti, fürgewendt haben.

Vnd

Vnd weil dann nunmehr/ allenthalben mit vberflus
dargethan/ vnnd außgefuhrt/ daß Ansprachen eingebrachte
triplicen in puncto petitorij, Syndici widersechtes, vngeachtet/
nicht zuverwerffen/ sondern angenommen/ verlesen/ erwegen
vnd vermög derselben / auff das petitorium, so wol als auff
das possessorium, erkannt vnnd gesprochen werden müsse/
für Eins.

Zum andern/ daß die Marggrauen zu Brandenburg/
als Burggrauen zu Nurnberg/ von wegen deß Burggraf
thumbs vnd der Herschafft zu Nurnberg/ AB ANTIQVO,
Vnd sonderlich von der zeyt König Rudolfs Belehnung stets
Fursten deß Reichs/ vñ mit aller Land Furstlichen vñ fraisch
lichen Obrigkeit/ mero & mixto Imperio, vnd allen Regalien/
im gantzen Burggrafthumb der Nurnbergischen Proving/
territorio, Bezirck vnd districtu, Biß an die Stattgräben vnd
Mauren/ vnd an allen streyttigen ortern vnd Dörffern/ von
den Keysern vnd Königen am Reich/ per contractum feudi, &
in remunerationem cum signis & verbis vniuersalibus, sein Belie
hen gewesen/ vnd die possess vel quasi, solcher Landes Furstli
chen vnd Fraischlichen Obrigkeit / meri & mixti Imperij, vnd
aller Regalien stets gehabt vnd wol hergebracht haben.

Dargegen aber ein Rath zu Nurnberg der Fraischli
chen Obrigkeit halben (ausser der Stattgräben gar nichts
Gewiesen/ nicht allein/ so vil den eigent humban betrifft (weil
sie nur temporalia & personalia mandata eingelegt/ dern ratio &
causa finalis, vor langst erloschen/ vnd die vber das außdrück
lich / & quidem cum clausula præcepti pœnalis, de non utendo vel
allegando cassiret/ vnd wider auffgehaben) sondern auch was
die possess belangt. Weil alles vnd jedes / so von jnen auff
solche vermeynte vrkunden furgenommen/ vñ in diser Recht
fertigung/ als actus possessorij, hat gerühmet werden wöllen/
tanquam lege resistente seu prohibente, atque insuper non modo
sine scientia & patientia Burggrauiorum, tanquam proprietario
rum ; verum etiam Burggrauijs expressè contradicentibus factum,
an jhme selbst nichtig/ crafftloß/ vnd vnbestendig/ dadurch
sie keine possess. vel quasi erlangt / vil weniger einige versa
rung einführen können.

Als bittet Furstlicher clagender Anwald/ im Rechten
zuerkennen/ zuerklären vnd außzusprechen/ das seinem G. F.
vnd

vnd Herrn nicht allein die Possess vel quasi, ſondern auch das dominium vnd proprietas, der Landesfürſtlichen vn[d Freiſch]lichen Obrigkeit/ meri & mixti Imperij, vnd aller Re[galien im] gantzen Burggrafthumb/ der angegebenen Nürnb[ergiſchen] Provintz/territorio, Bezirck vn̄ diſtrictu, Biß an die St[am]pen vnd Mauren/vnd an allen andern ſtreyttigen ortē v[nd] Dörffern zuſtendig. Vnd das Beclagten nicht gebürt noch geziemet habe/clagendes Anwalden Gnädigen Fürſten vnd Herrn/an S.F.G. gerůhiglich vnd wolhergebrachten Beſitz/ der Landesfürſtlichen vnd Freiſchlichen Obrigkeit / meri & mixti Imperij, vn̄ aller Regalien im gantzen Burggrafthumb der Nürnbergiſchen Provintz/vnd inn den ſtreyttigen örtern vnd Dörffern zu turbirn / zubetrüben/vn̄ zuverunruhen/vnd derwegen von ſolchem jren widerrechtlichen Fürnemen ab zuſtehen/vnd J.F.G. bey jrem wolhergebrachten Gebrauch vnd Beſitz/nochmals gerůhiglich/vnverhindert vnnd vnbetrübet / bleyben zulaſſen / auch deß gnugſame Caution vnnd vorſtand zuthū̄ /J.F.G. hinfüro weyter nit zu turbirn/ſchuldig vn̄ pflichtig ſein/Beclagte auch hierzu zuvertheilen vnd zu condemniren/ vnnd alſo vertheilt vnd condemnirt hierzu mit widerſtattung aller Gerichtscoſten/Schäden vnnd Intereſſe, durch Rechtliche mittel vnd wege zuzwingen/ vnd zu compellirn.

Zu welchem allem/ vnd einem jeden innſorderheit / Anwald das Hochadeliche/ Richterliche Ampt/ vnderthänig angeruffen haben will/mit vntterthäniger bitt/Bey allen vnd jeglichen Puncten/alles das zuerkennen/ vnd ſeinem G.F. vnd Herrn mitzutheilen/ſo von Rechts vnd billigkeit wegen/J.F. G. kan oder mag zuerkannt vnd mitgetheilet werden. Vnd weil Beclagte jres theils/in cauſa concludirt, So wil Anwald wegen ſeines G.F. vnd Herrn/ ſeines theils zum Vrtheil/ eines guten gewertig/Im Namen Gottes gleichsfals auch beſchloſſen / vnd was in ſpecie nicht abgelainet/ mit nicht geſtehen/ vnd generalibus contrà verantwortet haben.

Da auch vom Syndico inn ſeiner Concluſion Schrifft etwas newes fürbracht / das bittet Anwald in der Vrtheles aſſung zu vbergehen/ vnd nicht zuerwegen.

   E. F. G.

    Vnderthäniger vnd gehorſamer/
         Iohan. Grönberger, ut nudus Procu-
         rator nihil præter approbandum
         approbans.

*Errata typographica,*

## Oder mängel/ so sich in collationirung der Nürmbergischen Rebisions Acten/ contra Brandenburg befunden/ die hohe Fraißliche Obrigkeit betreffend.

ERRATA IN I.
TRIPLICIS IN PVNCTO
der Nürmbergischen Exception vnd respectivè
Replic & Duplicschrifften.

Product. 14. Novemb. Anno 1572.

Brandenburg

Contra

Nürmberg.

Numero 136.

fol: 24. § Et certum est. lin: 6. ubi feudo pro fundo.
fol: 25. § Igitur. lin: 2. ibi videlicet Comitia, ubi per contin: omissum Comitia.
fol: 32. § Et in specie. lin: 11. ubi lib: 3. pro 2. cons: 86. &c.
Eod: f. § Vel nomen, in fin: ubi festis pro testamentis.
fol: 38. § Vnd ist. lin: 12. ubi cons: 172. pro 36.
fol: 41. § Zu dem. lin: 5. ibi, des H. Reichs Fürsten/ ubi originale seqq. non habet usq$,$ zugebrauchen gehabt:c. videtur tamen verus sensus esse, quod notare volui.
fol: 58. § Daß dann Syndicus. lin: 3. ibi, mihi fol. ubi hæc superflua quæ orig: non habet /347, item in Exceptionibus in puncto additionalium mihi fol. &c.
fol: 59. § Darauff. lin: 5. ubi vnd pro noch damit :c.
fol: 70. § So sehe der Advocat. lin: 8. ubi originale habet Fürstenthumb pro Burggrafftthumb.
fol: 72. § Sonder es wird. lin: 4. ibi, provincia Norimberg: ubi per contin: omiss: constitueret, ut omne iudicium in provincia Norimbergensi &c.
fol: 76. § In der andern. lin: 4. ibi, die Wäld heyen vnd hegen/ ubi orig: habet, nicht heyen vnd hegen.
fol: 79. § Vnd wolt Anw: lin: 12. ubi darnieder pro darunter ligen :c.
fol: 79. § Item weil die Kay. Maie. lin: 15. ubi orig: subsequentes

quentes allegationes non habet, ibi Socinus Conſ: 164. col. 5. verſic: videmus etiam &c. usq; ad finem.

Fol: 93. § **Clagender Anwald.** lin: 4. ibi, laxiſsimas, ubi per contin: omiſſ: habenas in iurisdictionibus.

Fol: 101. § **Vnd gibt den Marggrauen** pro **Burggrauen.**

Fol: 130. § **Vnnd ob wol.** lin: 8. ibi, keines Landvogts/ubi per contin: omiſſ: mit dem geringſten nit gedacht.

Eod. f. § **Ob nun wol.** lin: 6. ubi **Burggrauen** pro **Marggrauen.**

Fol: 135. § **So hat auch.** lin: 2. ubi **Burggrauen** pro **Marggrauen.**

## ERRATA IN II. DVPLICIS ET RESPEctivè Triplicis in puncto poſſeſſorii.

Product: 19. Novemb. Anno 1572.

### Brandenburg
Contra
### Nürnberg.

Numero 137.

Fol: 15. § Similiter. lin: 2. ubi dicitur pro deinde.

Eod: f. § Et prædicta. in fin: ubi Paulus Caſtrenſis ff. d. uſucap. per contin: omiſſ:

Fol: 37. § Nam cum princeps. lin: 6. ubi ſuper pro ſemper ſubintelligendam &c. clauſulam &c.

Eod: f. § **Nun aber.** lin. 2. ubi fundo pro facto.

Fol: 39. § **Dann es iſt lenger.** lin. 2. ubi **Burggrauen** pro **Marggrauen.**

Fol: 55. § **Darnach kompt Syndicus.** lin: 4. ubi 1461. pro 1467.

Fol: 57. § **Soviel nun.** lin: 2. ibi, **Syndicus hat keine zwenge pro zeuge geführt.**

Fol: 72. § **Zum vierdten.** lin: penult: ibi, Alex: conſ. 3. pro cons: 111.

Fol: 75. § **Vnd iſt der Marggraff.** lin: 3. ibi, die Marggraffen nit/ ubi per contin. omiſſ: leiden wöllen.

Fol: 90. § **Vnd iſt oben.** lin: 8. ibi, vnd perſonales, ubi omiſſ: per contin: vocab: propter ceſſantem &c.

Fol: 92. § **Syndicus bringt abermals.** lin: 2. ubi Nürmberg pro Herolſperg.

Fol: 99. § **Was aber.** lin: 3. ibi, er leſt es ubi per cont: omiſſ: Nürmbergiſch bleiben. Fol:

Fol: 107. § **Oder aber Syndicus.** lin: pen: ibi, iniustus, ubi per contin: seqq; omissa: possessor, vincerem tamen, cum non sim iniustus quo ad re &c.

Fol: 108. § **Was nun Georg Hoffmans,** lin: 3. ibi, damit Ndrmberg/ ut i per contin: omiss: **wider seine §. G.**

Fol: 109. § **Vnd des von Harras vertrag.** lin: pen: ubi die impudentiam pro impatientiam.

Fol: 116. § **Vnd es wolte.** lin: 3. ubi **Anno** 1428. pro 1418.

Fol: 120. § **Wöllen wir.** lin: 2. ubi legas simplicis querelæ.

Fol: 135. § **Dann darauß.** lin: 2. ibi **Marggrefischen**/ubi per contin: omiss: **zeugen.**

Fol: 152. § **Darauff.** lin: 5. ibi, sein ius, ubi per contin: omiss: besser beduciert.

Fol: 167. § **Das ist wahr.** lin: 2. ibi, ieder **Herr**/ubi per cont: omiss: auffrhürische vnterthanen.

Fol: 170. § **Vnd wird Syndicus.** lin. 1. ubi 60. pro 16.

Fol: 175. § **Daß aber.** lin. pen. ubi verhalten pro vorbehalten.

Fol. 176. § Quod sententia. lin: 10. ibi resistirten / ubi pos: jats pro jnen.

Fol. 177. § **Marggraff Friderichs.** lin. 5. ubi doch in pro dahin.

Fol. 179. § **Was nun weitter.** lin. 4. ubi Landreutern pro Landleuten.

ERRATA IN III.
*DVPLICIS IN PVN-*
*&6 superadditorum.*
Product: 19. Novemb: Anno 1572.

Brandenburg

Contra

Nürmberg.

Numero 138.

Fol: 11. § Cum sit clari & indubitati iuris. in fin. ubi omissa hæc, Bart. l. Error, circa fin. C. d. iur: & fac: ign: Ant: d. Butr. c. fin. extra d. confess: las: l. si post divisionem: nu: 3. C. d. iur. & fac. ign.

Fol. 22. § **Der ander fall.** in fin: ubi dicit pro debet concludere.

Fol. 43. § **Der fall im aufzug.** lin. 1. ibi, thut nichts / ubi per cnotin:

contin: omiſſ: hat ſich mit. 7. jar vor dem Pfleg=
verttrag begeben.
Fol: 51. § Der 6. fall. in fin. ubi peinliche ſach pro peinlich
ſtraff.
Fol: 61. § Daß nun Syndicus, in fi. ubi 11. pro 51. Articul
Fol. 68. § Der vierdt fall. lin: 1. ubi 1578. pro 1478.
Fol: 70. § Dominus Syndicus. lin. 14. damit es iſt nichts / ubi
per contin: omiſſ: mit allen boeſſen gleich ꝛc.
Fol: 76. § Dann ein erbarn Rath. lin. 15. ibi, wolt ſchwartzer
bürt haben/ ubi per contin: omiſſ: auff die Flag ꝛc.

### ERRATA IN II.
## CONCLVSIONIBVS
*in puncto petitorii.*

Prod. 25. Maii. Anno 1574.

### Brandenburg
Contra
### Nürmberg.

Numero 141.

Fol. 21. § Dann die cauſa finalis. in fin: ubi ſprechen pro ſparen.
Fol. 26. § Inmaſſen dann. lin: 12. ubi communia pro cōmunis.
Fol. 28. § Das Burggräuiſch. lin. 4. ubi poſ: inn pro zuver=
wahrung.
Eod: f. § Vnd wird. in fi: ubi poſ: mit pro nicht verkaufft.
Fol: 29. § Gleicher geſtalt. lin: 7. ibi, diſer Dörffer / ubi per
contin: omiſſ: zweyer Dörffer.
Fol. 30. § Darauß dann volgt. lin: 10. ubi die fraiſliche pro
Fürſtliche Obrigkeit.
Eod. f. § Zum andern. lin: 9. ubi Vicarius pro Vicariatus.
Fol. 44. § Vnd hat Anwald. lin: 6. ubi kein pro ein pertinen=
Fol. 52. § Vil weniger. lin: 2. ubi commiſsionem pro conceſ-
ſionem.